天涯若比邻
as close as Far

魏延政 著

北京大学出版社

图书在版编目(CIP)数据

天涯若比邻/魏延政著. —北京:北京大学出版社,2016.10
ISBN 978-7-301-27624-2

Ⅰ.①天… Ⅱ.①魏… Ⅲ.①随笔—作品集—中国—当代 Ⅳ.①I267.1

中国版本图书馆 CIP 数据核字(2016)第 237013 号

书　　　名	天涯若比邻
	TIANYA RUO BILIN
著作责任者	魏延政　著
责 任 编 辑	贾米娜
标 准 书 号	ISBN 978-7-301-27624-2
出 版 发 行	北京大学出版社
地　　　址	北京市海淀区成府路 205 号　100871
网　　　址	http://www.pup.cn
电 子 信 箱	em@pup.cn　QQ:552063295
新 浪 微 博	@北京大学出版社　@北京大学出版社经管图书
电　　　话	邮购部 62752015　发行部 62750672　编辑部 62752926
印 刷 者	北京宏伟双华印刷有限公司
经 销 者	新华书店
	730 毫米×1020 毫米　16 开本　16.75 印张　251 千字
	2016 年 10 月第 1 版　2022 年 6 月第 5 次印刷
定　　　价	45.00 元

未经许可,不得以任何方式复制或抄袭本书之部分或全部内容。
版权所有,侵权必究
举报电话: 010-62752024　电子信箱: fd@pup.pku.edu.cn
图书如有印装质量问题,请与出版部联系,电话: 010-62756370

献给我最挚爱的妻子、孩子

推荐序

吴志攀（北京大学常务副校长）

前不久，在北大校友李莹组织的"诗想者"诗会上，她非常伤感地说，有两首诗的作者（主人公），永远不能到场了，一位是海子，另一位叫魏延政。

一位校友当场朗诵了写给魏延政的诗。我含着泪听，心情久久不能平静。

我没有见过延政，却常常听到他的"传说"。尤其是他生病和去世之后，他的文字、故事在网上流传，很多人为他流泪，也有很多人因为他而多多少少反思了自己的人生。

延政在北大是"学霸"，是聪明绝顶的人，出去留学则是"洋学霸"，工作后是一流大公司的技术高管。他不仅是数学天才，书法也有童子功。不仅能念英文书，也能读《史记》和《资治通鉴》。不仅懂得最时髦的技术，还以他自己的方法，解读哲学和爱情。他是一个了不起的父亲，他给孩子写下的那些文字，充满了深情和智慧。此外，他对中英文流行歌曲、中外电影、摄影、自驾旅游等，都有独到的理解。我相信，如果上天不嫉妒天才，多给他一些时间，他会在更多的领域取得成绩，会给世界留下更多思想财富。

张向英老师把延政的书稿《天涯若比邻》发给我，我废寝忘食地读了。他的文字真好，文如其人，我们能透过纸背，读到一颗赤子之心。他的表达方式是有个性的，是独特的，他绝对不会人云亦云，即使他说了与别人差不多的话，但你仔细体会，他的角度也一定是不一样的。这一点，在今天实在难能可贵。

他的生命真的太短暂了，可是，就像励志格言所说的，生命的长度虽然受到了限制，可他却活得很厚重，他改变了生命的厚度与质量。我不得不感叹，这位年轻的校友，竟然读了那么多的书，做了那么多的事，走了那么远的路……他是一个多么有生命力的人啊！这样的人，是我们所有人之中的精英。他不屈不挠，从来不向命运低头，他是乐观的、积极的、豁达的、坦诚的。你看到他的照片和文字，就会想起《史记》中的那些游侠，会想起海明威小说里的硬汉，会觉得他就应该是书里面的人。他的精神将永远不灭，他就像是一团火，曾经带给很多人温暖与光明，而今，他已化为天上的一颗星，在天上看着他的家人，也看着我们这些与他心灵相通的朋友、读者。

北大的老校长胡适先生，在40岁的时候就写了自传，并且提倡所有到达不惑之年的中国人都应该写自传，不仅是为自己，更是为整个人类社会。历史不仅仅属于那些拥有显赫政治地位的人，不应该只是帝王将相的家谱，也应该属于我们每一个有血有肉有独立灵魂的人。延政的这本书，其实也是他的自传，大家都应该像他一样，认真地生活，也认真地记录生活，把我们的人生体验留下来，分享给后来者。

读延政的遗著，也许最值得反复体味的，就是他的人生经验。比如，"夫妻成于患难，朋友始自无名"，这是书中某一篇文章的题目，也是他对爱情、对家庭、对朋友交往的体会。他还真诚地建议，年轻人就应早一些、主动追求爱情，组成家庭，而不是在孤寂中长久等待爱情的降临。不管读者是不是赞同这些观点，这些话的背后，都是作者的生活，也是作者的生命。

我给很多书写过序，因为当了一辈子老师，学生出书了，我理应大力推荐；又因为学校让我来做校友的服务工作，好多校友也给我面子，请我来为他们的书做一点评介。但是，这一次，给延政的遗著写序，我还是感到很不一样。这位作者不在了，我没有办法面对面地和他沟通，只能试图用我笨拙的文字，跨越时空与他对话，我不知道他是否认同，但我确实真诚地希望，有更多的人成为这本书的读者。

我推荐各位小学生的家长读读这本书。前面已经说了，这本书的作者是"学霸"，可惜，给他和孩子在一起的时间太少太少，所以他几乎用了全部的力气，想把自己的经验写下来，留给孩子。他发现，中国的小"学霸"们都有两个共同的特点：坐得住和精神集中。只要用心，每天练习，时间长了，小孩子不知不觉就坐稳了，精神也就能较长时间地集中在学习上了。他写给孩子的那些忠告，其实更适合家长们仔细思考，这是肺腑之言，是真正的人生经验。

我还推荐各位职场人士读这本书。无论从事什么行业，无论职位高低、财富多寡，这本书都能给你带来很多启发。延政是个聪明人，还是个有智慧的人，他最了不起的，就是拥有极强的学习能力和心理调适能力。也不是说泰山崩于前而色不变，但起码遇到山崩地裂的危机之后，他的精神没有垮，能够迅速拿出自己的方案。这样的人，放在任何环境中，都能活下来，而且创造性地完成工作任务。

我建议，无论年轻人还是老年人，都能像延政那样，兴趣爱好广泛一些。我们不是天才，不一定文理兼通、文武双全，但起码要对不同领域的事情保持一个开放的态度，多看看，多听听，对新鲜的事物保持好奇心。做科学技术的人，也看看历史和文学；学文科的人，多多少少学一点数学和物理学知识，有一点现代科学的素养；学医的人，业余时间可以学学弹琴唱歌；从政或者做老板的人，练练书法和绘画。我们现在的时间都碎片化了，但不管怎样，多给自己留一点私人的时间和空间吧，发展我们的小爱好，让我们的生活丰富多彩，让我们的潜能释放，让我们的创造力发挥。

我希望，我们能理解延政的生死观。他在复旦哲学大会上讲得非常好，用数学的方法来解释人生、财富、个人和社会的关系，解释生与死、长与短、多与少、色与空的关系。我看了这些讲稿之后，接受了他的观点。他用极其简单的话讲明白了一个大道理。生死是我们每个人都必然面对的事情，生死是个人的事情，也是社会的事情；是大事，也是小事。人这一辈子，想明白了生死问题，就算活明白了。延政是活明白了的人，显然，他比许多长寿的人更清楚人为什么活着。

谢谢延政校友在病中，用他生命最后也最宝贵的时光写完了这本书；也谢谢北大校友会和许多热心的校友，帮助推动这本书的出版。这是他为自己也为社会写出来的最好的传记，是属于他那一代人更超越了那一代人的非常好的一本书。

目录
CONTENTS

一、我的足迹 ·· 001

江湖行 ·· 003

天涯若比邻 ··· 012

我的 CCER ·· 022

生命中不能承受之轻——找回自己 ··· 033

在路上（1） ··· 043

在绝望中寻找希望 ·· 046

二、写给我的孩子 ·· 051

人生若如几回忆 ··· 053

优秀是一种习惯 ··· 069

游柏林随想：什么时候都不算晚 ··· 078

三、谈谈读书 ··· 081

读书吧，虽然这些知识终将随着我们的生命而去 ····················· 083

系统化思维（1） ·· 097

系统化思维（2）——幸福最大化 ·· 101

从 0 到 1：创业/企业/项目负责人需要常常反思的几个问题 …… 116

华为流程管理的精髓是什么？ …… 125

从天下三大行书看艺术的历史与人生哲学 …… 133

当霍金说"哲学已死"时，他在说什么？ …… 143

读书笔记几则 …… 151

四、谈谈生活 …… 157

孤独是思维的开始 …… 159

别让爱情等太久 …… 165

夫妻成于患难，朋友始自无名 …… 172

关于爱情 …… 178

书"法"人生 …… 189

礼崩乐坏 …… 192

享受这时光 …… 194

西藏行：人生无导航 …… 197

在路上（2）——思考人生 …… 211

除心不除事 …… 218

五、我的脚印 …… 227

跋 …… 257

一、我的足迹

- 江湖行
- 天涯若比邻
- 我的 CCER
- 生命中不能承受之轻——找回自己
- 在路上(1)
- 在绝望中寻找希望

江湖行

2013 年 6 月 30 日

昨天大学同学林岚到上海出差请我和姚远吃饭，十多年不见，我和姚远都惊异地发现她和大学刚入学时几乎一点没变。回家翻出以前的一些老照片，那时候还没有数码相机，所以拍照留念还属于比较奢侈的一件事情，就把仅有的几张照片都拿出来在微博上晒了晒。老婆拿了两张照片，一边一张放在我脸的两侧，说："照片上的那个人是你吗？"我也顿生怀疑，莫不是老婆面前这个死胖子冒充了照片上那个清秀少年把她骗到了手？老婆虽说有时称我为"胖子"，但从不需要我像周星驰那样提醒她，不要在这两个字前面加一个"死"字。席间聊起不少往事，勾起不少大学时的回忆。回家后，我们在微博上还一起讨论当年的一些记忆。我说，前段时间看《致青春》和《中国合伙人》时，有一点点冲动，也想写个平常人的"致青春"，应该也挺有意思的。有同学说，写点大学时期的。我总觉得大学时期的比较难写，虽只有四年，然则宽度太宽，有种波澜壮阔、烟波浩渺的感觉，非长镜头无法将全貌尽收眼底。回看在北大时的毕业照，如同进了杭州灵隐寺的五百罗汉堂，神奇卓异、各有神通。软件专业四个班164个人，外加微电子班21个人，毕业离校后才和有些同学第一次握手。记得我硕士毕业后途经北京落脚，在校时从未说过话的微电子班的霍宗亮热情地帮我找宿舍的空床位，俨然不逊于当年同宿舍的兄弟。可这么多同学从何写起真是一件让人犯难的事。想想曾经住过的41楼都没了快十年了，写吧，再不写35楼也要拆了！张继翔鼓励我，于是我便提笔写起来！

大学的记忆像《清明上河图》，人物众多、卷幅太长，得分几个段落来写，今天开个头，先写到这里。（2013年6月20日）

昨天去看望同学，恰好同学的父亲也在。他是个老北大，年近古稀，退休后开始背古诗、练书法，用A4纸把每天背下来的古诗名称、出处工整地写下来，装订成册，名曰《学背诗》，已逾700首30 000多字，长的诗单首达200—300字。每半天练习草书1 000多字，多年以前就把怀素的《自叙帖》

◎ 姚远、林岚和我

◎ 1998年5月4日，北大百年校庆日，41楼

连写 100 多遍。前辈的严谨练达让我肃然起敬!

上一次见到同学的父母已是 15 年前,还记得当年到他位于南京的家,在电视里看了部很老的电影——《雾都孤儿》。同学的父亲也记得 15 年前北大百年校庆时在学校见过我,还记得我当时的一些言行举止。回想那时的年少轻狂,我顿感荒唐又好笑,今天回来的路上还不时想起那时的年少无知,不时地想笑。

今天回来的路上,听到一首老歌——20 年前黄群和黄众的《江湖行》。天气也随着这首歌从昨天的阴雨逐渐变成晴空万里。清晨出现在大道边,黄昏又消失在汽车站……多么有诗意的歌词。很多时候,总觉得自己也像是活在歌词所描述的故事中。歌之所以成为好歌,是因为歌词把你我也写进了故事里。

那一年——1994 年,我第一次离开家乡,上大学了。世界很遥远,天空很辽阔,一切都是崭新的,一切都充满希望。

1994 年的高考仍然是在最热的 7 月的 7、8、9 日三天。距离高考还有两天的时候——7 月 5 日的夜晚,说是复习,其实早已没有了学习的动力,只想让最后的几十个小时在瞬间度过,睡一觉,醒来就是 7 月 9 日的下午。然而时间还得一分一秒地慢慢磨,于是佯装学习,让爸爸出门下棋,让妈妈到另一个房间里熨衣服,还叮嘱爸妈,"请勿开门打扰,最后两天的学习最关键,我不开门就别进来"。独得一片清净。关上房门,打开电视,映入眼帘的是一个半长头发眯着眼睛,在观众席中高架起的一把椅子上,一边专注地弹着吉他,一边深情轻声吟唱的小伙子。那时候的老电视还没有遥控器,我打开电视被如此静谧的场面深深吸引,礼堂暗淡的光线里,只有几束蓝色的追光晃动。因为吉他和歌声的悠扬,我驻足在电视机前,久久凝神在歌词里面,手似乎一直停留在电视机的开关按钮上。"明天你是否会想起,昨天你写的日记，明天你是否还惦记，曾经最爱哭的你……"随着歌词的展开，我似乎已经进入了角色，在慢慢回想曾经的中学的同桌们、小学的同桌们、大学的同桌们……我的记忆似乎出现了些许错乱，因为对场面的投入，我似乎也身临其境地进入了电视里的那场晚会，变成他们中的一员，我的大学生活似乎已经在这短短的几分钟的歌曲里悄然度过，我正在和电视中的大学同学们一一告别。那是一场直播晚会——中央电视台《'94大学毕业生之夜》！在高考前两天的晚上，看到这样一场晚会，愈发加强了我对大学生活的憧憬，我厌烦考试，恨不能立即飞到北京，坐在燕园的课堂上。这样的想法多么荒唐！但那一年的夏天，我的确就是在这样荒唐的想法中度过的。

1994年7月9日，高考结束当天的晚上，与家人在乌鲁木齐市北京路上散步

接下来的节目里,有云南学生即兴表演的小品,提到了过桥米线,我生平第一次知道了云南有这样一种名吃;有广播学院学生即兴表演的小品,台词幽默、表演鲜活,他们说打算为20世纪90年代流行的电视连续剧《女人》系列三部曲,续写出第四部,名曰《锄头、女人和驴》;有志愿支援西藏的大学生,是两位北大的应届毕业生,他们上台的时候,穿着胸前印有"北京大学"四个字的白色文化衫。看到他俩,我的心情愈发激动不已,我的荒唐想法再次浮现,看,这两位是我的大学同窗、我的校友,他俩就要去比我们新疆还穷的西藏了!似乎我也已经大学毕业,已经走在未名湖边的石子路上,与我的同桌挥手作别,脑海里浮现的是,"谁娶了多愁善感的你,谁给你做的嫁衣……"。

妈妈的敲门声把我拉回现实,说爸爸已经回来,时间不早,该睡了。爸妈对我的小谎言向来配合默契,我说关门看书勿打扰,其实就是说我要看电视了,给个面子,别唠叨我不学习,别给我心理压力。其实我真正想看书做几道习题的时候,父母在旁边看电视声音再大也丝毫不会打扰到我。那时条件差,一间屋子既是爸妈看电视的地方又是我学习的地方。在电视旁心无旁骛地看书做题,是在我们那个乱世小学校中从小练就的本领。

爸妈对我的一些小谎言一向睁一只眼闭一只眼,自己的事情自己保证结果,中间有什么小插曲从不追究。记得高三下学期,曾经帮助另外一所中学的一个女生复习备考,每天放学后跑到她家,给她讲几个小时的题后,再飞奔回自己家,常常已经很晚了。父亲问:"怎么这么晚才回来,还满头大汗?"答曰:"打篮球去了。"父亲遂不再追问。后来胆大到,那个女生每天放学后直接到我们的教室里找我。于是同学们中间流传起故事来,按照当时流行的港片俚语,有人问我:"平常闷不声的,怎么突然就有'马子'了?"我一脸茫然,"啊?我咋不知道"。老师们的反应比较强烈。某日,我正在操场上打球,有位老师把我拉到一边,语重心长地说:"高考是一辈子的转折点,要好好珍惜,十二年寒窗就在此一举,丝毫马虎不得啊!"我差点帮他补充一句:"一失足成千古恨啊!"老师还是没有父母了解我。现在反观那时的自己,真是知道了什么叫做年少轻狂,什么叫做初生牛犊不怕虎,什么叫做不知天高地厚……我爽快地回答他:"老师,我知道您要说什么。这不也是那个女孩一辈子的转折点吗?不怕,只要她不和我考同一所学校,我就一定能让她考上!"老师一脸错愕、目瞪口呆……

在这里顺便提醒那些怕孩子早恋的父母一句,千万别正面阻挠,那样你只能促成他俩!他俩听到您的阻挠言语时,心里想的一定是这样几个字——爱情的力量!我当时还真不算早恋,最多只能算仗义相助吧。您要是觉得我这是"此地无银三百两",我帮您补充后半句,"隔壁王二不曾偷",爱咋咋的!

终于,1994 年的夏天在稀里糊涂中度过了。9 月 2 日中午,碧空如洗,秋高气爽,三个要好的哥们送我到乌鲁木齐火车站,准备开启我人生中的很多个第一次:第一次离别家乡,第一次只身一人坐火车长途远行,第一次空手无票偷袭八千里!

火车站的广场上依旧挤满了人。每年的这个时候,这个广场上都在上演《辛德勒的名单》——一票难求!我也曾帮姐姐买返程车票,和逃荒般的乡亲们挤在一起,通宵露宿在广场空地上,以天做幕、以地做席,躺在人堆里体验着《一九四二》,看着一只只脚从自己的头顶、脸前掠过,听着各种旁门左道弄到车票的欣喜……这次不知听谁说的,上了车再补票可以省去这一切的麻烦。于是找了三个身手敏捷的哥们帮我一起上演《铁道游击队》。广场上热火朝天、人声鼎沸,我和三个哥们在从偏门溜进车站的瞬间,远远地朝广场挥一挥手,不带走一片云彩……

那一年,北京的各高校住宿都已经升级到不用自带被褥,美其名曰"公寓式",只有北大仍然停留在自己动手丰衣足食的阶段。于是,我的行李除了一个巨大的四方皮箱，还有两个用建筑工地上装水泥的蛇皮袋打包的一床被子和一床褥子。事后，北大同学说也只有我能想出这样的办法，我说这是穷人本色，这样才没人偷。同学嘲笑我说："你以为咱们学校真有大款啊？你的鞋帮破了洞还要再穿半年，不到鞋底磨出洞不买新的，小偷偷你可真倒霉！"为了躲避车站管理员的目光，我空手身轻如燕地飞进了一个车窗，三个哥们也神不知鬼不觉地飞进了三个不同车厢的车窗，把三件行李塞到不同车厢的行李架上又若无其事地飞出车窗，告诉我隔天自己去别的车厢找，不会丢的。有一个半大不大的包里装着我的录取通知书和一些重要的东西，被塞进一间锁起来的小屋子里。这个哥们太有才了，说是这样不会被偷走，等车开了，找列车员开门再取。我一脸惊惶地等到火车慢慢启动，挥手告别了三个伙伴，告别了童年……

一路上我总担心会不会不到吐鲁番就被轰下车，前不着村后不着店，走也走不了，回又回不去，行李还被免费运到了北京。车开了一阵才发现，周围几个故作镇定的，原来都和我一样没有票。大家相约一起守好这几个座位，距离北京还有72个小时呢，要是晚点，80、90个小时也不是什么新鲜事。我也曾试图挤过去补票，可是过道里的人口密度，堪比刀郎歌里"停靠在8楼的2路汽车"，让我只能作罢。那叫上天无路、入地无门，连厕所里都挤满了人。我终于放心了，要轰也先轰他们，好歹我还有个座。于是，连一节车厢都没有走过去，我就回去坚守阵地了。天知道我那个座位原本是谁的？也许就是厕所里的某位，想挤回自己的座位都心有余而力不足？于是只能心向往之而望洋兴叹了！

天色黯淡了下来。硬座席上、座位下面，横七竖八的都是人。迷迷糊糊中，一阵骚动，说是到哈密了。有不怕麻烦者跑下车，打算给首都人民带些新疆特产，打算利用客运车厢的缝隙再提高一下新疆客运车皮的边际效益，我们新疆人民的资源利用率保证是全国第一！终于，天色敞亮，日上三竿，有人奋力高呼，快出新疆了！

查票的列车员如期而至，查到我这里，我简直算是一个"三无人员"，没有车票、没有证件，连行李都没有！我这才想起，自己那个装有证件的包被锁在第×号车厢的小屋里，谢天谢地！费尽九牛二虎之力，终于挪到那节车厢，却惊异地发现，原来那间小屋就是车长办公席，补票就在那！车长是个女的，一看我就知道是学生补票的。问我，学生证呢？我说是新生，第一次报到的。又问我要《录取通知书》，凭这个半价。我说"在您桌子下面那个包里"。车长又好气又好笑地说："从昨天就纳闷这个包是谁的，还以为是哪个熟人放在这的！"还警告我："你这是过了一天才来补票，所以除了补半价票，还要罚两张全程票，再加 5 块钱手续费！"我心想那就认罚吧，和广场上睡几天买张票的成本差不多，还省了不少事。我拿出《录取通知书》，车长接过去扫了一眼，"哟，北大的？计算机系的！""我家孩子今年也高考，他做梦都想上北大，原来这个名额是你拿走的！"又唏嘘了半天，我也不知道说什么好。车长又连珠炮似的说，"哟，你爸妈也不送送你，就你一个苦孩子连票都没有就挤上来了？"……"哟，要是我的孩子拿到这张通知书，我就奖他一张机票飞到北京去！"……"哎呀，这孩子，这孩子，还罚什么款啊，多不容易啊，手续费 5 块钱，阿姨也不要你的了，就半价票吧，64 块 5！"……"到了北京好好读书啊，别辜负了你爸妈！"……

64 块 5，这中间有多少含义？千军万马一票难求？20 年来的物价飞涨？姜育恒的浅声吟唱："曾经以为我的家，是一张张的票根？"别辜负了爸妈？又岂止是别辜负了爸妈，应该说是别辜负了自己，也别辜负了什么名额都稀缺的新疆的朋友们，更别辜负了什么资源都稀缺的 20 世纪 90 年代！

19 岁，花儿一样的年龄；19 岁，一切都有希望的年龄；19 岁，不知天高地厚，但知范滂登车揽辔、有澄清天下之志的年龄……

那年夏天，最流行的几首歌，有林依轮的《爱情鸟》、谢东的《笑脸》、高林生的《牵挂你的人是我》，它们的一个共同点是，都很轻快，火车上一遍遍重复播放着这几首歌。火车一路高亢地向首都迈进，高林生的那首歌，伴随着车轮碰撞铁轨发出咔嗒咔嗒的轻快韵律……这一切都变成了我对1994年之夏的永恒记忆。

出了哈密，是张掖、武威、兰州、宝鸡、西安……一路上瞥着铁轨枕木的浮光掠影，望着窗外沟沟坎坎的黄土高坡，看着火车司机换车头、加水，斗转星移，日出月落，如诗如画，拉开了我的江湖行的序幕。

> 春天就匆匆地奔向北，秋天又慢慢地走向南，
> 快也是千山和万水，慢也是万水和千山，
> 沿着一条乡村到城市的路，看到一片光明和飞扬的土，
> 不知不觉我已经走出了很远，回头再也不见家的炊烟……

天涯若比邻

2013 年 3 月 27 日

    这段时间，通过 QQ、微信联系上许多过去中小学的同学和朋友。今天加了一个同学，她的名字让我想起大学的一个同学。于是发了条腾讯说说，引来一些讨论，因此有了点想把这些有关童年友谊的记忆记录下来的冲动，分享给朋友们。本想题目叫做"友谊"，但未免落入俗套，体现不出我们时间、空间都隔了这么久远还能常常联系，所以"天涯若比邻"这个题目最贴切。想到七年前就以此为题写了有关大学同学的文章，这篇就算是姊妹篇吧。

    我大学有个中文系的同学叫张惠文，总觉得她和我小学六年级的同桌张惠武有点关系，一个会文一个会武。还有台湾那个唱歌的，既不会文又不会武，就会唱歌，为了在两岸四地多拉些"粉丝"票友，所以她家老三的名字走了大众化路线，以妹妹相称，叫张惠妹。她家老三失散在台湾多年，常常以歌声诉说怀乡之情，整日"站在高岗上"，望眼欲穿海峡这边的俩"姊妹"，期望"牵手"。此情可待会有时，等海峡两岸统一了，惠文、惠武、惠妹这三姐妹就可以聚首了。

上面这条说说发出不久，马艳就看到了，说要转给张惠武看看。并且说她们三姐妹那还需要我的牵线才能聚首，相约我们要等到那一天。我知道马艳是在鼓励我面对病魔要坚持，感动在心、鼓舞在手，速回复：一定！她家老三要是再敢给哪个欠扁的唱国歌，老兄我立刻提刀上马杀将过去，把她家老三立时掳过来见她家兄长姐长谢罪请安问好。马艳又说：她家老三胖得已经没法看了，估计没人请她唱了，嘻嘻，老二惠武还苗条得不得了呢。我告诉"马宫主"一件陈年往事：她家老二和我同桌那年参加省电视台的合唱团，唱歌那嗓音，美！每次她在班里唱歌，以距离计算，我都是第一个听见，虽然她的声音传到我的耳朵里比传到其他人那也就早那么0.01秒，但每次我都认为她是先唱给我听的，哈哈。马艳方知原来还有这档子事，惠武小学就有我这么个"粉丝"。

其实，大家都是平凡的人，虽平凡，但各有特色。我相信每个人都有"粉丝"，甚至是铁杆"粉丝"或暗恋过自己的知己，只是自己过了许多年或者几十年都不曾知道。有一次我和于炜聊天，我说他有好些"粉丝"，他也不相信。他说，要是中学的时候就告诉他这回事，那……对呀，假如那时我就告诉于炜有若干漂亮妹妹是他的"粉丝"，那他会怎么样呢？我想答案是——那就太好了！朋友，你不会对我的这个答案感到失望吧？如果你和我同龄或者比我年长，就应该不会。因为时光无法倒流，一切也不会因为一个假如而有任何改变。我们只好对自己说，那就太好了！那真是太美好了——童年的友谊！写到这里我的眼中有些潮润。

马艳说，于炜讲相声的时候，给我们带来了不少欢乐。我们那个学校，用一个当年四川来的转校生的话说，是藏龙卧虎。于炜就是这样的龙虎人才之一。每年元旦时的新年晚会，甭管几万人的大企业有多少文艺大腕，能容纳几千人的大礼堂的这场晚会的压轴大戏一定是于炜的相声。如果说，我们的童年是听着孙敬修老爷爷的《西游记》故事在幼儿园里度过的，那么可以不夸张地说，我们的中小学时代是在每年一度的新年钟声敲响之际听着于炜同学的相声度过的。

当初我们那个小学校，虽也是子弟学校，却比不得财大气粗的邻居——铁路中学，人家那里软件、硬件都是上乘的；当初我们那个穷学校，走出来的学生一看衣着，就知道是铁路子弟学校的而不是四建子弟学校的；当初我们那个破学校，虽破烂不堪，在乌鲁木齐百所中学中名列倒数，但我们对她的感情依旧深厚，用一句俗语形容很贴切——子不嫌母丑，狗不嫌家贫——就像是老婆，只能自己数落她的不好，但凡有别人说自己老婆不好，立刻扁他！

我和于炜的渊源是从幼儿园穿开裆裤时就开始的。从幼儿园直到小学毕业，我都属于比较内向的，没怎么和于炜说过话。中学自习课时常听于炜坐在我背后唱歌。那时我还没有在笔记本上抄歌词的习惯，所以对很多流行歌的歌词不是很清楚。有时听到于炜唱到某处，我会根据歌词的谐音展开联想，偶尔还会闷骚地插句嘴。有次班主任陈凤英老师正在挨个检查同学们背诵英语课文，由于距离还算比较远，于炜便偷着唱姜育恒的《跟往事干杯》。他的声音比较小，我听不清，就问他："跟老师干杯"？于炜乐了，"哼哼哼，你说跟老鹰干杯？你要有胆还是你去吧，我很想看看你说，'老鹰，来干一杯'，看她是啥反应"。我们都乐了。

大一那年"五一"，于炜和肉肉从天津来北京找我玩。我找了宿舍里功率最大的录音机把《梦回唐朝》放到音量最大，欢迎他俩的到来。童年的情谊随着喧嚣的摇滚，陪伴我们走到很"二"的年纪。今年春节我问于炜，还敢像当年那样一起高放唐朝乐队的歌吗？于炜淡定地一笑，哼哼，那时候

"二"叫做"个性";现在"二"叫做"勇气"。

那年暑假,胡月没有提前预订回新疆的火车票,于是我和于炜在人大旁边的小售票亭帮她排了一通宵的长队,冒着通宵的倾盆大雨,露宿在和胡月温暖的女生宿舍楼仅有一墙之隔的中关村北大街,那时还叫白颐路。要知道北京7月的大雨可以让北京西客站的楼顶坍塌,也可以把蔡国庆的歌里千姿百态的"北京的桥"通通变成东方威尼斯的海底隧道。无处藏身,旱鸭落水,我和于炜喝着二锅头,唱着臧天朔的《朋友》,惦记着胡月温暖的被窝,好给心里增添一丝暖意。第二天,我俩把火车票送到胡月手里,用积攒了一通宵又半天的空腹把北大西南门口的包子铺里剩下的几笼包子一口气吃了个精光。记得有两个稍微晚来两分钟也要买包子的人,我俩凶悍地说:"我们

2014年8月12日,见到了1988—1991年我们的初中班主任陈凤英老师,也就是这篇文章中我们敬爱的"老鹰"老师。二十多年后她依然精神矍铄、神采奕奕。

先来的,这里的包子我们全包了,你俩别处吃去!"看着于炜高大的身形,包子铺老板毫不怀疑他的食量,但对于我和于炜同样的装载速度和装载数量,包子铺老板惶恐不安。我暗自发誓,以后谁要是瞧不起我的实力,我就让他先领教我的"食力"!

要说于炜有多少"粉丝",可不要太多,分三个梯队还得加个特级档,其中必不乏大眼、高鼻、长腿、翘臀的红粉靓妹。但是,不知道于炜心目中是否有他所朝思暮想、夜不能寐的"那个她",如果有的话,在如此众多的"粉丝妹"中脱颖而出,也实在不是一件容易的事情。二十多年之后,我告诉他曾有不少靓妹关注过他,我俩都唏嘘不已。用三首赵传的歌来形容他这二十多年来的心路历程最恰当不过:《给所有知道我名字的人》《请你为我再将双手舞动》《我终于失去了你》!

当年没敢鼓足勇气向于炜表白的"粉丝"们,看到这里,你们是不是想起赵传另外一首充满幽怨的歌——《我一直以为你知道》……如果想到这首歌的是位男"粉丝",如今,你也不必为有这种想法而难为情,只是,这个想法还是永远保留在心里,就"一直以为他知道"了吧。

我们大家对童年的青涩回忆,不免都有些许怅惘,那时都不开窍,但都是最真挚的友谊。刚才用赵传的几首歌小小打了个趣。其实,我的同龄朋友们,我想,你们和我对童年往事、友情的回忆,应该恰如赵传这几首歌所流露的真实情感——深沉、有力——把放不下的情感,"再勇敢一点"扛起来!这才是赵传歌声穿透我们心灵的真谛。

那篇不足140字的腾讯说说引来这么一通浮想。终于,张惠武看到了我的这条说说。我问她,还记得我们什么时候做的同桌吗?她的记性很好,我也记得些许细节。六年级时我和她有大半年是同桌,李建民和胡月是我俩前面的一对同桌,他俩老说话,老师就把两个女生前后对调,所以我又和胡月同桌了小半年。我说，很想穿越回 1988 年小学六年级时，因为我印象最深的三个小学老师有两个都是那时教我的。

第一个印象深刻的老师是于炜的妈妈回老师，也是小学教我们时间最长的老师。回老师标准的普通话发音，让我们这些父母来自天南海北的孩子，在接受完幼儿园阿姨浓重的河南、山东口音之后，统一了标准的普通话发音。记得当初幼儿园里的一首儿歌是用这样的口音教的——我们也是这样学的——呗凤糊糊锤亚（北风呼呼吹呀），动舔来到聊（冬天来到了），呗扇上滴涄套树呀潛墨受得聊（北山上的葡萄树呀怎么受得了），泥去拿马绳亚（你去拿马绳呀），喔去抱到曹（我去抱稻草），给咱们家滴涄套树呀传个大面敖（给咱们家的葡萄树呀穿个大棉袄）。虽然后来大家都学了一点新疆本地口音，以防不时之需，但标准的普通话一直伴随着我到现在。记得 1998 年春节在新疆乘车，用普通话问票价，答曰："5 块！"我随即改用新疆口音嘀咕了一句："咋涨得这么快？"答曰："2 块！"

还有两位印象深刻的小学老师，一位是平琳的妈妈郭老师，教大家数学，从五年级教到六年级。也就是在六年级那年，我参加乌鲁木齐小学数学竞赛拿到前几名的好名次，后来高三时还参加了全国数学联赛，也拿了奖，应该说，这些成绩和好运都是从郭老师教我数学起开始的。另外一位老师，是我们当时 6 班同学都深深敬仰的语文老师陶老师。之所以这么说，是因为我被当时胡月一篇作文里的一个故事深深打动了：那时的班主任都非常负责，常常陪学生补课到很晚，甚至到自家晚饭不做、不吃的地步。某天晚上，陶老师听说杨同学放学去从事一些危险活动，虽然当时已经很晚了，陶老师还是用胖胖的身体骑着自行车绕四建老远追寻杨同学，直到找到他并把他送回家。

张惠武在微信里问我还记不记得她很爱哭，说是不成熟的表现。我说当然记得，爱不爱哭与成不成熟没有关系，只是泪点低一些；有的人从来不哭，老是笑，笑点老低了，也不代表他成熟嘛。这话把她逗乐了。其实爱哭爱笑的人有个好处，就是什么事都不往心里去，宣泄出来了没压力，反而从里到外一身轻松，所以惠武到现在还像个学生妹一样年轻苗条，不像她家老三，别看演唱会海报上、封面杂志上她露个脸老是笑，那是摄影师不敢往下半身拍——私下里胖得都不成形了，估计也没人请她唱了——马艳也这么说。

1988年是印象深刻的一年，因为从那一年开始逐渐学会观察社会，牛仔裤、霹雳舞、太空步、西北风、费翔，这个世界开始变得多姿多彩。前些天和老婆去卡拉OK，我唱了首费翔的老歌，当年费翔帅气逼人的脸庞映入眼帘的一瞬间，老婆眼睛一亮："这是谁？那么帅！"是啊，美好的事物和瞬间会成为经典，永恒地存在，即便25年之后，人们的审美标准仍未改变。

写到这里，自己不禁有点诧异，从前的我最讨厌写作文和日记。因为胸腹头脑的空洞。二十多年来，不是因为自己的文笔变好了，而是因为视野随着脚步变宽了，心里装载的事多了，也就有东西可写了。从前，不知道散文是何许事，现在知道了，那就是一种感觉，让它跃然纸上，让读者随之起伏共鸣的感觉。

大家还记得吗？上初中时，老鹰（我就这么称呼她吧，丝毫没有轻蔑的意思，而是对从前老师满满的敬意和亲切；就像前面诉说我在饥寒交迫中惦记着某位女生温暖的被窝一样，没有一丝邪念）让大家每周末写一篇周记。帮大家说句话——当时周记苦煞了所有人，当然也包括我。某日，我奋力一拼，在周记本上一次性把本学期剩下所有周的周记都写完了：把"本周一切正常"这六个字每行一遍写了很多行，也许把下个学期的周记都写完了。老鹰看到我的周记，在班上大声宣布，"魏延政同学就是这样对付我的"，她扬着我的周记本，"你们有啥想法？是不是周记很没意思？要是这样以后大家都不要写了！我也省时间了！"没想到老鹰如此英明，大家高呼万岁。

从前的往事如同费翔的经典造型一般，永恒地留在记忆中。去年读了本李泽厚的书——《美的历程》，里面有很多学院派的理论上的东西。老子说，天地有大美。美就在我们身边，美就在我们眼前。随着年龄的增长、经历的增多，我发现自己正在慢慢地改变。从前，我看待事物往往追求极致完美，公司里参加国际展会凡我出手的材料，必定要止于至善；现在，我往往在不那么完美中去发现它仍存在的美。美的真谛不在于面面俱到，而在于看到它时，我心欢喜。老婆有时念叨这个社会上的一些不尽如人意之处，我通过这次生病以来的读书休养，变得开始能容忍那些不如意，开始品尝五味人生的快乐。我不禁喜悦，发自内心地喜悦！

童年的记忆就像飘荡在和煦阳光中的一首首轻柔的乐曲。我相信再过二三十年，对于现在的记忆，同样会是永恒美好的。虽然有些极美的东西无从找寻，就像我对四建子弟学校一次新年晚会上体音美教研组的老师一起合奏的一曲《红楼梦》主题曲的记忆一样，如果有录音，那段演奏必定比不过1987版《红楼梦》原版唱片，但正是因为无从找寻，那段留在记忆中的乐曲却成了我听过的最优美的《红楼梦》主题曲。所以，最美的东西，并不见得是曾经得到或失去的某些具体的事物或成绩，而是我们曾经一起度过的闪亮的青春。

后记：今天这篇文章是由张惠武的名字引起的，还加上了那条说说以及和马艳之间的留言。篇幅有限，没有把所有好友都写进去。但我想，这篇文章里的心情应该是所有同学和好友都能体会并有所共鸣的。

◎ 1992年，高一

1993年，高二 ◎

天涯若比邻

1994年，高三

2014年，20年后再相会

一、我的足迹

我的 CCER

2014 年 7 月 10 日

昨天我在北大 1898 大讲堂做讲座——《系统化思维》，20 年前的 CCER 主任赵普生老师带了几位 CCER 的老师、同学也来现场给我加油打气，这么多年过去，老师仍没有忘记我，真的让我感到北大就是我们永远的家，真的非常非常感谢母校的老师和同学，由衷感谢，无以言表！回想起许许多多在 CCER 时的往事，似乎仍历历在目，想起几个月前写的文章——《我的 CCER》，经济学对我这近 20 年来的学习、工作、生活的帮助都太大了。

鸣谢：北大未名心理群、北大 1898 咖啡馆、北大 CCER Club

今天在微信里看到一篇文章：《北大国发院：影响中南海的经济学家"特区"》，勾起一些回忆。

文中提到北大国家发展研究院里那批中国最有影响力的经济学家在北大

的创业史，20年前林毅夫、易纲、海闻、周其仁这批改革开放后最早在海外留学的经济学者回国在北大创办了一个学术中心，叫做"中国经济研究中心"（China Center for Economic Research，CCER），后来更名为"国家发展研究院"。最早还没有朗润园那片地，办公地点就是老化学楼对面那栋楼（好像是老地质楼）一楼的几间办公室而已。1996年暑假，这里第一次面向本校非经济专业学生招收双学位学生，我有幸成为他们的第一届毕业生。

大二暑期放假前，收到一份通知，说有兴趣读经济学的同学可以报名，本专业成绩良好者，提交一份申请书，说明自己对经济学的认识和为什么申请经济学双学位。当时我已经学了两年计算机，没学出什么感觉。20世纪90年代正值国内IT业大发展时期，外系的同学都觉得我们系的同学是捧着金饭碗的，可我却不以为然。看到那个通知，有了一种"家有仙妻还可再娶一房"的希望，便兴冲冲地写了一份申请。

一个大二的计算机系学生对经济学能有多少认识呢？北大那几年要求理工男必须有些文化素养，毕业前必须修满一定学分的文科或艺术类科目。艺术之类的好科目通常都是小班，早被有心思的学生抢先报满了，我这人懒，跑去经济学院报他们的大课，和我们计算机系一样，总是几百人的大课、大阶梯教室，从来都不怕课堂会坐满。选了一门《宏观经济学》听了一个学期，最后考了63分，很对不起我在那门课上的付出。记得当时买的第一本宏观经济学的教材，是国内的一个人写的，开篇序言就长达好几十页，把西方经济学各门各派都指点评论了一番，颇有一种华山论剑的感觉。光是里面一堆西方经济学家的名字就把我看得云山雾罩，记着这个就忘了那个。当时俺刚从天山脚下放完羊来到京城又没出过国，读那些外国人的名字颇费劲，于是自创了一个办法：每人封他一个中华武学门派——那个研究挖大坑的凯恩斯就是华山派，那个研究理性预期的卢卡斯就是武当派，那个研究每个毛孔都流着劳动工人血汗的马克思做丐帮帮主最合适不过（你知道原因的），那个电影《美丽心灵》里拿了诺贝尔经济学奖的约翰·那斯（约翰·纳什），把自己练得走火入魔了，有点黄老邪、梅超风的味道，后来我读博士的时候还常常用到他的博弈论。说来也怪，这"斯"那"斯"都带个"斯"字。对了，差点漏掉一个最重要的——他们这行的鼻祖，那个写《国富论》的亚当·斯密，他得算少林派，又是一个"斯"。好了，我知道申请书里可以写点什么了，于是我在申请书里写下了我对经济学的一个惊天大发现，这"斯"那"斯"要成为经济学家，名字里就少不了得有个"斯"字，并用无比虔诚的语气表达了希望全面深入研习这"斯"那"斯"的盖世绝学。申请

◎ 毕业典礼，和林毅夫老师合影

书结尾立下豪言壮志，将来申请诺贝尔经济学奖的时候，一定要改个名字，不能辱没了我对只有这"斯"那"斯"才能当上经济学家的这一惊天发现，至于叫萝卜丝还是土豆丝，还得看我师从哪个门派。

那年 CCER 第一次招收双学位学生，录取主要看本专业成绩，可是我们计算机系好些成绩比我好的人都没有申请成功，我竟然被录取了。我估计一定是我对西方经济学的惊天大发现雷倒了众位老师，也就不拘一格降人才了。

等真正上了 CCER 的西方经济学的课才发现，其实经济学没有那么难。最先修的两门课分别是"经济学原理"和"中级微观经济学"，用的教材是萨缪尔森和诺德豪斯的《经济学》和哈尔·范里安的《微观经济学：现代观点》（萨缪尔森是诺贝尔经济学奖得主，哈尔·范里安是谷歌公司的首席经济学家），把各种复杂的经济活动都表述成数学问题，就像是大学生做小学的应用题，简单明了。我当时基本上每门课的考分都在 90 分上下，后来宏观经济学期中考试差点考了个满分，助教说不能有满分所以最终只能给我 99 分。洗清了我之前在经济学院的那个 63 分的不白之冤。

后来海闻老师给我们上"国际贸易"，用的是他自己编写的一本教材，书非常短小精悍，道理说得也非常简单明了，用几幅图、几个公式和变量就把很复杂的问题简化得浅显明了。经济学简而言之就是资源分配的问题。读这些用西式逻辑写出的经济学教科书，逻辑清晰、简明扼要，没有一句废话或者东拉西扯的鸿篇大论，所以我对有些国内作者的鸿篇大论有了另一种见解——哄骗大论。经济学对我们来讲最难的地方不是算算术，而是研究市场中人们的心理和行为，包括个人的理性逻辑以及社会性的博弈。如果对人的把握不准确，算算术就是白搭。

我们那一批学生见证了这些影响中国决策层的经济学家的起家史。他们是改革开放后第一批到海外留学的经济学者,也是第一批回国改造我们这个国家的。这些人是第一批把西方经济学引入国内大学课堂的学者,通过他们,我们有幸成为第一批在国内接触西式思维和西方经济学的学生。这些老师都非常和蔼可亲,鼓励我们将来一定要去西方学习。

有一次海闻老师说法国某大学招收经济学博士,有会法语者他可以帮忙推荐,我下了课就跑到讲台前面堵住他说:"法语系的学生会说法语,但是他们的数学不好,我们计算机系学的是北大数学系 A 类数学,您也说经济学要数学好,我现在距离毕业还有大半年,我现在开始学法语您看咋样?"海闻老师还没来得及收拾讲义和书本,听到这些有点目瞪口呆。现在回想一下当时那种愣头小子的情形,自己都觉得很好笑。事情哪有一蹴而就的,后来我还是读了计算机专业的博士。

我的博士论文课题还真用了不少经济学的理论,用市场的方法让各种不同的搜索推荐方法在同一个市场系统中竞争,让用户最终看到的是市场竞争中获胜的、针对每一个用户都是最好的搜索推荐方法给出的结果。21 世纪初,搜索推荐是 IT 领域最热门的应用和研究课题之一,谷歌、亚马逊都是最重要的推手。全世界从事这类研究课题的学者基本都是纯计算机出身,尽管大家都觉得用市场的方法应该是一种合理的组织多种不同方案竞争稀缺资源的方法,都提到基于市场的控制、投标、拍卖等经济学术语,但大家仍然用计算机惯用的各种纯数学算法和逻辑去设计系统,所以仅仅是挂了个"市场"的名字而已。我当时看过世界上计算机领域挂着"市场"名字的许多论文和书籍,这些纯计算机出身的人设计的市场里,连经济学最基本的"供给、需求、价格"的概念都没有定义,实在有名无实。因为曾经读过经济学的缘故,明白一个真正的市场,应该用价格来组织供求双方的所有参与者之间的竞争。在我们那套系统中,竞争的对象就是搜索引擎最终呈现给用户的"前五行显示位置",这五行显示位置就是供给有限的稀缺资源,经济学简而言之就是稀缺资源的分配问题,换句话说就是用"价格"找出"需求"和

"供给"的平衡点的问题；反过来，每次用户真正浏览某条推荐结果时，推荐这条搜索结果的算法就会得到一定的奖励，从而让计算机的人工智能算法去感知和学习用户的偏好。所以，市场方法并不是简单的竞价排名（只要出钱足够多就排在第一位，但没准是用户不需要的垃圾广告），"有效"的市场方法应该让用户最喜欢的推荐结果显示在最前面，通过奖励推荐了这条结果的那种搜索推荐方法而鼓励它推荐更好的搜索结果，而让那些出钱多但并非用户喜欢的推荐结果自动淡出（出了钱，得到的却是惩罚）。我们设计的良性市场系统应该能指导参与者理性地花钱竞标（买前几条显示位置）并获得相应价值的回报（有正有负），让每个参与者利益最大化的同时社会福利也达到最大化。注意，我前述的打引号的"有效"不是一般意义上的"有效"而是经济学意义上的"有效"，看到我说个人效用和社会福利最大化，你应该明白经济学上的"有效"是有特殊意义的。这样一来，让我的导师、后来论文投到的杂志（计算机、电子两类最大的学术组织国际计算机学会以及电气和电子工程师协会的学术杂志），以及当时世界各地的同行们对"如何组织竞争这一问题"耳目一新——这是真正的市场的方法。我的论文递交到这些总是需要改了又改还要排期排个一年半载后才能发表的杂志，基本每次都是不用多少修改就直接当期发表，这就是跨界的优势吧。直到现在，我已离开学术界10年，国际计算机学会以及电气和电子工程师协会的一些人工智能及信息系统的学术杂志仍然不时地邀请我帮助他们审稿。

我读博士时的导师是当时英国最年轻的皇家科学院院士，他起初对我说的一些经济学方法将信将疑，因为我的"二老板"也是个计算机教授，在我还没有入学加入那个项目之前已经带领十几号人把那个项目进行了一年有余，而我却是一副推翻重构整个体系的架势。后来有一次他指着我的报告中的一个地方问我："你定义了一堆变量、函数和效用曲线，那么什么是'帕累托有效'？"我当时的英语还处于磕磕巴巴、一句话要组织两三次才能表达清楚的水平，而我回答他这个问题时却不假思索干脆利落地一遍就说清楚了。我看出他也不知道什么是帕累托有效，但我的回答干脆利落，他因此对我并不怀疑。之后他又问了我几个相关问题，我都是用经济学原理中的话很快答复了他。他问我跟谁学过经济学，我说我的经济学老师全都是毕业于芝加哥大学等一流院校的老师（芝加哥大学出了最多的诺贝尔经济学奖获得者）；他又问我那个帕累托有效是从哪本书里看到的，我告诉他，我来英国买的第一本教材不是计算机方面的，而是因为怀旧的缘故买了本大学时学过的加州大学伯克利分校的哈尔·范里安的《微观经济学：现代观点》的英文原版，这个范里安现在是谷歌公司的首席经济学家。于是他对我把"二老板"已经做了一年多的工作推倒重来的做法有了信心，后来几乎不再过问。我们当初在 CCER 时教微观经济学的老师是毕业自芝加哥大学的赵耀辉老师：一位个子高高的总是面带微笑的年轻女老师——当初我们 CCER 双学位学生心目中的女神。

经济学对我后来的帮助也非常多。在英国电信研究院工作时，面对的不再是纯学术问题，更多的是各种商业风险，要对未来的商业模式的盈利负责，而不像大学里把技术研究这种能力当作服务来出售，却并不对最终产品的市场成功负责。后来到华为营销体系工作，对市场成功负责更加成为绝对的第一要素。此后经济学思维能够帮助到的地方就更多了。记得 2011 年年底，和无线产品线的总裁、专家们还有外聘的许多欧美的高级专家们一起讨论 2012 年巴塞罗那世界通讯展的无线策略时，大家谈到一个模型，应用的基本原理又是帕累托有效。但国内一帮纯技术专家们却把材料中 Pareto 想当然地根据音译翻译成了"柏拉图"——哲学家 Plato，两个词的拼法和发音确实挺像，真是贻笑大方——自然没有一个人涉及 Pareto 的真实含义。我看出在场的人确实没有人知道 Pareto 到底是什么意思。紧接着在电话会议的那头，一位被华为作为高级顾问聘请进来的前英国电信研究院的高级技术负责人也对此进行评论，但也没有触及帕累托有效的本意。于是我再次向大家利落地解释了一遍帕累托有效究竟是什么意思，怎么使用。其实，帕累托有效在经济学中只是一个非常基础的知识，但隔行如隔山，再次体现了知识跨界的优势。

北大校长胡适曾在某届毕业典礼上对毕业生说，你们现在所学所做的每一件事，都不会白费，都会在将来的某个时候用得上。他让学生们记住，"功不唐捐"！我深信不疑。大三到大四的两年，周一到周五几乎每天晚上我都排满了经济学的课（白天是计算机本系的课），每个周六周日从早到晚也都是经济学的课。记得冬天周末的每个早晨，同宿舍的同学们都躲在暖和的被窝里打着呼噜，我却只能非常不情愿地背上书包在冰冷的雨雪中赶往教室。当初读第二学位的时候，没有看出什么时候能用上，但在后来的学习和工作中，大事小事都会屡屡用到经济学原理，因为经济学告诉我们的不仅仅是书本理论，更多的是一种系统化的思维方法，一种站在问题以外看问题的思想高度。

大学是交朋友的好地方，大二那年通过团校认识了不少外系的朋友。大三在 CCER 读经济学时认识了更多外系的同学。没想到毕业十几年后还能通过 CCER 交到朋友。记得去年年底在北京一个不大不小的校友会上认识了一些 CCER BiMBA 的校友。其中一位叫朱晖的，是布丁酒店的创始人兼 CEO（后记：2016 年 1 月我手术失血过多，他组织了 20 位同事来上海为我献血，7 月时用药紧急，上海却又断货，4 个月用的药他当天就从杭州给我送来了），今天他在北大 1898 咖啡馆举办讲座：《布丁酒店移动营销及在物联网领域的创想》。因为身在上海，没能参加很遗憾，但是看到不少校友转发的照片和分享，知道人气很旺、听讲者爆满。估计用过布丁酒店服务的人都应该很熟悉他们的一些理念和服务创新吧。讲座中提到应该如何确定价值客户，以及如何提高转化率的问题，因为真正的客户数量＝流量×转化率。这个转化率尤为重要。经济学无处不在！

今天写这篇文章还因为看到几个 BiMBA 校友转发的 2014 福布斯对国内高校商学院的一个排名：北大 CCER 的 BiMBA 连续几年荣登榜首。20 年来，林毅夫、周其仁、易纲、海闻这些老师在北大最北边一个偏僻的角落"朗润园"里创业，并开花结果。当年他们在讲台上讲课时的情景依然历历在目,那时他们都好年轻。记得一次易纲老师正在给我们上课,他的儿子躲在电教厅外的门帘后跟他要家里的钥匙。小朋友非常可爱,怕打扰父亲讲课。易纲老师让儿子悄悄跑过来拿了钥匙然后悄悄离去,后来他带着满足的笑容对大家说,"闯荡半生,这个小朋友是我最大的成就"。如今我也身为人父,想起易纲老师当年那个情景,父亲对孩子的慈爱,感同身受。

记得有一次易纲老师讲课,有位同学发表了一段见解。易纲老师鼓励那位同学说下去,之后提出一个让我们闻所未闻的教学方式。他说:"从下节课开始直到学期末,我都不再讲了,你们自己有足够的能力把这门经济学原理讲得更好,每次两小时的课都由一位同学上来讲,这位同学要自己备课,并且在课堂上回答大家的问题,以后我就坐在台下和你们一起听课,打算报名讲课的同学每周提前到我这里申请。"后来的局面别开生面,报名者踊跃,大家常常因为没有争取到讲课的机会而慨叹。易纲老师说,"让你们

◎ 1998年6月,北大CCER首届经济学双学位毕业典礼

提前体会一下西方的教育方式,让你们自己动手,知识掌握得才更扎实"。后来我在英国读博士期间,做助教,更深切地体会了西方教育的灵活和学生的主动性。整个学期都是听学生们自己讨论自己要做什么、怎么做,我从来没有得到机会站在讲台上给他们讲过任何一个知识点,他们从一开始也没有打算听我讲什么,他们需要的仅仅是在他们有困难的时候,我作为助教能给他们提供一点思路而已,而事实上我几乎什么也没做。

易纲老师(左一)

CCER 的教学形式不拘一格。记得"计量经济学"那门课,胡大源老师在课上给我们讲述当年他去广东到某乡下做社会调查时的种种奇遇,课堂上大家的欢笑声战胜了那些令人绝望的无穷无尽的数理统计公式。后来胡老师也让我们在 CCER 和北京市政府的一个公共项目中出了一点力,我们也背着包走街串巷地为市政府做了一些社会调查。我记得我负责调查的是宣武区的好几条街区，有些地方虽然紧邻长安街，但是很老、很破旧，你听听街道的名字就知道它们有多古老了——"西旧帘子胡同"。

◎ 胡大源老师

转眼已近 20 年。记得毕业前的一次大会上，所有 CCER 的老师都到场，向大家作别。有人问了一个问题，毕业后这个双学位能不能得到教育部的认可？老师回答说，我们北大的学位还需要得到谁的认可吗？全世界都认可！

是啊，功不唐捐！那一纸文凭仅仅是一张纸而已。真正得到的是那些知识，还有对那些年、那些事、那些人的记忆。

生命中不能承受之轻——找回自己

2015 年 1 月 16 日

人生就是一路旅行、一路修行。我似乎一直年轻，依然活在 20 岁。早上听了一首歌《荣耀》，充满年轻的热情和力量，迎着晨曦，我又奔走在路上。想起下面这篇写于 10 年前的文章，一面是苍凉，一面是奔放。

这些天，我的脚步又重新回到了从前的轻松矫健。许是因为这些天过分忙碌的缘故吧。白天忙公司里的事情，晚上忙自己喜欢的一些技术资料，拖欠过去读博士时的导师的一篇 ACM 杂志论文终于完稿即将投出，欠另一个杂志社的一篇文章的审稿工作也刚刚完成，同时还在忙着参加伦敦大学的一些课程，另外还想和朋友筹备做些别的事情。

也许这样的充实只有在十几年前的中学时代曾经有过——曾经一个通宵写完了一整本标准稿纸的参赛论文（那时还没有电脑，只能手写）。难道后来就没有再充实过吗？当然不是。只是因为后来的忙碌并不是那么清晰——未见得是自己真正想做的。这是整个社会教育的失败。

我们这一代中小学时所受的教育只有一个目标，就是考大学。但是我们的教育并没有告诉我们，大学毕业后该干什么。包括当时的大学教授们也没有几个认真考虑过这个问题的。这样的教育对于那些没能考上大学的人而言，一切皆为惘然。似乎他们没有接到大学录取通知的那一天，生活对于他们来说就已经结束了，不再有什么意义。其实他们却因祸得福。因为他们更早地也更好地接受了社会大学的教育。社会现实比大学校园更加理性地教会了他们如何择业、如何生活。

我是那个时代千军万马过独木桥者中的一个幸运儿，那个时候不像现在几乎人人都可上大学，当时有的省十几个甚至几十个学生中才有一个人能有上大学的机会。但是进入大学后，我的脚步就从来没有按照自己的意志前进过。中国是个讲集体利益高于个人利益的国家，这不是说我不爱国，只是想批评一下我们所受的教育。在大学里，你的个性会被磨灭，因为你不能有和别人不同的想法。就这样，从幼儿园一直到大学，学会了服从集体意志的就成了（成绩）好的学生，好学生也就没有了自己的思想。自然，大军行进的

◎ 斯坦福大学

◎ 加州大学伯克利分校

时候，你也不得后退。就这样我们每个人都练就了一身绝技，即便睡着了也能一步都不偏离大军行进的步伐。那个时代，大学校园里最时髦的一个词就是出国。那时不乏振臂高呼的疯子，高举着这面旗帜引领大军向国外奋勇前进。还给自己找了个极其悲壮的幌子——在绝望中寻找希望。真不明白他们的神经出了什么毛病。其实他们的俞教主在每一期学员的第一堂作文大课上都会教大家这样一个道理——"花同样多的时间和精力，在国内也一样出人头地了"。出了国就代表你比别人高明吗？我的意志清醒地告诉自己，那不是我的方向，并且用行动来抗拒——拒绝考 TOEFL、考 GRE。

但对于那个时代刚踏出校园的我们，又有几个能清晰地描绘自己的未来？反正年轻，不愿沉下心来聚焦一份职业，于是毕业不到一年就稀里糊涂地又重新选择了继续学业，并且也随着那些绝望中寻找希望的人出了国。硕士还算好对付，可以说是兴高采烈地玩过去了，也可以说是浑浑噩噩地蒙混过了关。

既来之，则安之。硕士毕业后，我来到英国，继续自己的学业。终于，博士也毕业了。终于可以不再被人牵着鼻子走，终于有了时间可以考虑一下自己想做些什么。时光飞逝，当年的大军已经不再有一个统一的步伐和方向。有如大浪淘沙，不知道哪些会被淘掉，也不知道哪些会被沉淀下来。

时间过得真快。大家都到了三十上下的年龄，都开始了没有终点也没有别人参加的自己和自己的赛跑，都开始了各自的生活。

生活有时也会在不经意间出现一些亮点。去年的这个时候，我走在去往诺丁汉的路上，去看望一位相识不久但非常投缘的好友 Y。与 Y 的相识比较偶然。那时我还在新加坡国立大学读硕士，一同租房的舍友搬出一个，又搬进一个。后面的这位就是 Y。那时，我们常常在一起谈论对毛主席的崇拜、对日本人的憎恨。有时也把对门的两位女士叫过来，大谈当年自己大学时期遇到的各种奇闻轶事，尤其有一次我聊到一个师弟，他虔心向佛，每每花光积蓄也要追随一位尼姑满世界到处跑去听她讲经，他的奖学金省吃俭用都贡献给各个国家的航空公司了……每到这种时候，两位女士总是忘形大笑，这也是我们最快乐的时候。

那时，我们屋里常常有小姑娘造访。原因是我的这个舍友 Y，人长得太帅，而且烧得一手好菜。我常常说他是复旦来的秦汉，特别是他眼睛里的那种深邃和含蓄更是令人着迷，可他总是谦虚地摇摇头。Y 做学问的态度也是这样谦逊严谨，我相信他将来一定会成为一位学术大家。最让我欣赏的是他的人品和处世态度。活在这个世界上首先是做人，其次才是做事。他的大事小事都处理得井然有序。有一个细节让我记忆犹新——那时，Y 每晚都会将洗好的内衣裤细心地叠放整齐。有一次，Y 拿出针线缝一条开了线的内裤。他边缝边说，在他出国的时候，国内的女友在他的每一条内裤上都绣上了自己的名字，要他日子久了也不要忘记自己。Y 一米八几的山东大汉手拿绣花针的样子给我留下很深的印象。他慢条斯理地说着缝着，我在一旁看得、听得心里一阵阵地涌起酸楚。

和 Y 这一别就是三年。朋友之间毕业的时候常常说要多走动，可实际上都是各忙各的。记得新东方口语课的钱老师说过，老外朋友之间两封信没回就不再是朋友了；我们中国人朋友之间却不是这样，常常是十年未曾谋面、电话也没打一个，只要见面干上一杯，照样是哥们儿。这也是我们的中国特色。我和 Y 之间也是这样。离开新加坡后，我们都来到了英国读博士。

时间过得很快，一转眼，我们又博士毕业了。听说 Y 要去美国某名校做博士后。离别前夕，Y 邀请我去他家看看。我和 Y 所在的城市相距仅四个小时的车程，可没想到同在他乡三年的好友，第一次见面竟然是告别！珍惜现在身边的人吧，不要总是找借口说"来日方长"。

时间过得飞快！三年前一同来到这个地方的时候，都是孑然一身。三年后，Y已经身为人夫、人父了，夫人便是那位绣名字的女孩。电话中听说他已经有了儿子，真为他感到高兴。和Y的会面非常欣喜，他们全家一起到车站接我。站台上见面，我禁不住脱口而出地描述了他三年来的变化——胖了些，显得很有生活气息的样子。Y夫人在一旁露出满意的笑容。

一路说笑着来到Y的住所。一进家门，就看到迎面过道墙上的一块小黑板，上面精心写着欢迎我的到来的字样。一切都让我感到那么温馨。屋子里增添的这个小生命总是不辞辛劳地满地爬着，引来大人们的阵阵笑声。也许是我面善，小家伙并不认生，总是扒着我的肩膀咬我的耳朵，着实可爱。晚上一起吃了Y夫人烧的几个菜，喝着酒，叙着旧，有种惺惺相惜的感觉。Y夫人常常面带微笑地埋怨着Y的脾气不好，眼睛里却充满着幸福。第二天，我为大家献上我的拿手好菜——新疆拉条子。做了几锅，大家一起抢着吃。

都说好吃，我自己也这么认为。Y对夫人嘱咐着，"跟老魏学会了没有？以后要顿顿都吃拉条子"。

临别时，Y送我两本书。一本是原版精装的《希腊神话传说》，另一本是《钱钟书散文》。Y夫人送了我一把蒸汽熨斗，说将来的魏夫人会用得上，另外嘱咐我不要老是这么一个人单着了。

当我的鼻息里还能闻到儿时蹲在街头随着一声巨响从黑油油的皮管子里迸出的爆米花香的时候，我已经不知不觉地步入而立之年。自己在不知不觉中发生着变化。没有从前那样跑得快、跳得高了，不如从前那样能熬夜了，也不再是从前那张瘦削的脸了，而是几天不刮胡子就初具马克思的规模了。从前总是一副神圣不可欺的勇者风范，现在即便是对曾经伤害过自己的人也能坦然地面对了。从前会为一个小小的失败而加倍虐待自己，现在天塌下来日子照过。刮胡子的时候，有时会对着镜子里的自己宽容地笑一下，老男人了。经历了许多之后，便也明白了"浓肥辛甘非真味，真味只是淡"的道理，浓是淡，肥亦淡，辛也淡，甘还是淡；也明白了"神奇卓异非至人，至人只是常"，当然自认为还没有达到"常"的境界。

现在想起儿时所受的教育着实觉得可笑。什么理想之类的，很空洞。虽然我还是很信服毛爷爷"为人民服务"的教导的，只是现实利益使大家执行得不好。有一样东西在我的脑海中越来越清晰，那就是——我到底想要什么？

我找回了我们所受的教育中很有意义的一部分。保尔离开了冬妮娅，投身战斗。当战友受伤的时候，他给战友读《牛虻》；当自己负伤后，他写下了这段不朽的文字："一个人的一生是应该这样度过的，当他回首往事的时候，不因碌碌无为而羞耻，不因虚度年华而悔恨……"这本书曾经多少次激励着我不懈地奋斗。他告诉我，生命的意义不在于一得一失，而在于踏踏实实地做好几件事，不论大小，毕竟自己努力了。其实这些道理是我早在儿时

2000年，硕士毕业前夕 ◎

一、我的足迹

就已明白了的，只是经过多年被遗忘了，现在又被我重新找了回来。我无法抑制自己的喜悦，因为我始终拥有一个最好的朋友，那就是十几年前的我，那个纯洁无邪的自己。

年少的时候，我常常独行，精神上、行为上。那时是因为，同伴中少有与我同行者。记得高三给一位非常欣赏我的教委的老师的信中，我这样描述自己的心情：我就像一个在荒原上奔跑的猛士，没有终点，也没有同伴。我常常一个人来到大戈壁中，奔跑咆哮。那时候，我是快乐的。因为我的思想就像大漠风沙一般强劲有力、不可阻挡。现在，三年前一同来到英国的朋友们都在毕业后先后离去。我又开始独行，但是，我仍然可以找到倾诉的对象，那就是我自己。最近，我迷上了看海。这里的大海和故乡的大漠有着同样广阔的胸怀，可以包容一切。我晚上常常一个人来到海边，静静地面对着大海。月光普照、海面通明，抑或是微风徐徐、波光粼粼，又或许是几米高的惊涛拍岸、卷起千堆雪。我对大海说，人生的豪情都在其中！

是的，有多少人能够重新找回自己？！

我的喜悦总是由旋律奔放的音乐来伴随。

没有什么能够阻挡，我对自由的向往；天马行空的生涯，我的心了无牵挂；穿过幽暗的岁月，也曾彷徨；当你低头的时间，才发现脚下的路；那心中自由的世界，如此的清澈高远，盛开着永不凋零的蓝莲花……一面是苍凉，一面是奔放。

伴随着许巍的《蓝莲花》，奔驰在广阔的英格兰田野上。我把胸怀放在远处海天相接的地方，那里有无尽的宽广。一排排参天大树向我招手致意，又被我飞快地甩在身后。路面上的隔离线像琴弦、像乐谱。时而起伏的路面是旋律。我的心是音符，在这奔放的旋律中轻盈地跳动、飞快地滑翔。

◎ 2004年，博士毕业前夕

◎ 2008年，米兰忙碌出差中，别人很闲，我很忙

◎ 2015年，好莱坞星光大道，别人很忙，我不忙也不闲

一、我的足迹

◎ 2015年,加州伯克利,也无风雨也无晴

在路上（1）

2007 年 6 月

今年的生日是在飞机上过的。生日的前一天从深圳来到北京，作中转，第二天一早就上飞机经巴黎到圣地亚哥。一路上忙得不可开交，临上飞机了，还没来得及换外币。也许是在外面漂久了，什么都不稀奇了，没钱就没钱吧，车到山前必有路。第二天早上抱着碰运气的想法来到 SOGO 旁边的一家招行换外币，被告知必须要北京的本地卡才能办这个业务，而如今我来到北京也算外地人了。我心想不都是同一家银行吗？干吗弄那么麻烦？罢了罢了，就身无分文去了那边再说吧。没想到，到了机场，除了一张身份证，什么手续也不要就能直接换美元。我对国内很多事情的印象都还停留在很多年以前，记得那时换美元只有凭签证和盖了章的单位介绍信才能在中行指定的三四个营业点换，这都是很多年前的老皇历了。国内各行业操作的无规范可循，真让人摸不着头脑，有的比登天还难，有的又简单得出奇。前段时间我用以前英国的驾照换中国的驾照，前前后后跑了好几趟办手续，心想手续费指不定得好几百块。结果最后交款的时候才交了十块钱。噢，谢天谢地！太阳打西边出来了，这简直是不要钱嘛！在中国还有这等好事?！看，我回来报效祖国的决定是多么英明！那天取驾照的时候，我激动得差点把柜台里面的小女警抱出来亲几口。在飞机上晕晕乎乎地待了三十多个小时。每看两部电影就睡一觉，醒来接着看。其中有两部非常不错，一部是休·格兰特和《霹雳娇娃》里面那个特性感的女孩德鲁·巴里摩尔演的《共谱恋曲》，非常喜欢里面的两个女孩——除了德鲁·巴里摩尔，另一位是个新人，叫海莉·贝内特，脸形很像中国的美女。还有就是那首歌——《回到爱》，我非常同意格兰特演的男主角所说的，旋律是第一位的，而歌词在其次。多年以后，可能你已经忘了一首歌的歌词，但那久违了的旋律却是永远也难以磨灭的。在飞机上看了两遍这部电影，那首歌的旋律已经深深印在我的脑海中。有机会一定要找到这首歌，有时间得学学，免得同事朋友们总笑话我这个在外面混了这么些年的人竟然不会唱英文歌。上个月被部门的同事哄着去参加了无线产品线的 K 歌大赛，得了第二，如果当年的大学同学知道了，应该还记得我当年是个挺受欢迎的校园歌手。以后有时间得学学英文歌，除了工作，生活中总得有点爱好嘛。

四年前有过一次从伦敦到墨尔本的行程，总共飞了三十多个小时，这次又是一口气飞越了大半个地球。从北半球飞到南半球，从东半球飞到西半球。终于，晨曦中带着些薄雾，飞机降落在智利的首都机场。过海关的时候，警卫查护照注意到那天是我的生日，于是我得到了第一个生日祝福。来到公司在智利的代表处有几天了，一直没有机会上网收邮件，但我知道一定会有不少朋友给我发了祝福，在这里一并谢过了。远方的朋友们，我也一直在牵挂着你们！从机场出来就直奔公司驻地。我喜欢这样平实地度过自己的生日，不需要什么生日聚会，因为也没什么好庆祝的，从小就这样习惯了。这样的工作和生活方式，有点像在部队，随时待命，随时出发到一线作战。小时候曾经有个愿望——当兵，如果在部队，我相信自己一定会是个好兵。现在也算通过另一种途径满足了儿时的这个夙愿。今天，有位当地的主管跟我提起海豚校徽，可能这个智利老兄也是在英国读的书，还曾格外神往我们那所发明了世界上第一根光纤的光电研究所——海豚大学的光电研究所，问我博士毕业后为什么不去大学反而来做市场？这是个好问题。本来我是可以去北大或者复旦"毁人不倦"的，但想想已经有那么多人抢着去做了"误人子弟"的活儿，就当他们替我做了"罪人"吧。

大学毕业以来近十年，一直在路上，体验着不同的生活，呼吸着不同的空气，欣赏着不同的风景。如果写出来，会有很多精彩的故事、不同的风景。

在绝望中寻找希望

2014 年 7 月 9 日

◎ 20 年前的今天，高考结束当晚（1994 年 7 月 9 日）

◎ 20 年后的今天，我再次来到北大做讲座

一、我的足迹

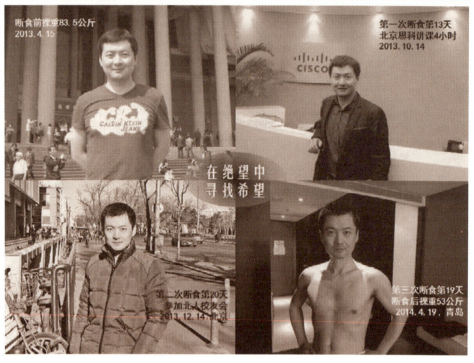

一、我的足迹

二、写给我的孩子

◎ 人生若如几回忆
◎ 优秀是一种习惯
◎ 游柏林随想:什么时候都不算晚

人生若如几回忆

2016 年 6 月 19 日

朋友，你可曾想过，假如某一刻你的生命倏忽而去，你该给你最挚爱的人留下些什么？几年前化疗的时候我想过这个问题，后来又活过来几年，这个思考又被抛诸脑后。这段时间病魔肆虐，我犹如孙猴子被压在五行山下，躺了半年动弹不得，这个问题便又盘绕在脑海中。人的一生究竟活了些什么？大多数人都懒得去考虑这样的问题，或者想不清楚，等到真能想明白点什么的时候，往往是隐退江湖多年，或者是病到离死不远的时候。

前些年，在我癌症截肢后最无助的时候，某 500 强企业向我踹了最狠的一脚——终止合同，人生惨淡莫过于此。我骤然变得如同一片鸿毛一般，无着无落地飘荡在半空中，当时我设想了一下人生百年可能会有怎样的百态，细想一下也不过如此：人生啊，活到一十，横着竖着都一样；活到二十，睡着醒着都一样；活到三十，公司家庭都一样；活到四十，博士文盲都一样；

活到五十，当官百姓都一样；活到六十，有钱没钱都一样；活到七十，睁眼闭眼都一样；活到八十，男人女人都一样；活到九十，有腿没腿都一样；活到一百，死了活着都一样！

人能活到像《圣经·创世纪》里那些人那样动辄千岁吗？若真能，人最终能记得自己这一生究竟是谁、做过些什么吗？第一个一百年做中学教师，当老师当厌倦了，第二个一百年做珠宝生意……如此下去，活着怕是一种负担，未必每个人都想活那么长。所以人生百年最好，不胜其烦，在丰满到装不下的时候落幕，恰到好处，一生所爱仍历历在目。

人一生能爱过几次？第一次的爱，是依恋，孩童对父母的爱，是用一生来回味的；第二次的爱，是寻觅，我们总是抱以最真诚的愿望，却往往未成眷属，是用后半生来忘却的；第三次的爱，是相伴，人生日复一日年复一年，每一阶段如画卷一点点展开，我们沉浸其中，来不及欣赏每一段的美好，只得须臾回想起彼此初见，岁月流年，她可能有某些不如意，但她永远定格在那个最风华动人的一刻，只有她是用一生来相守的；第四次的爱，是回报，一个小生命的降临，抱在怀里满心欢喜，一时不见满是挂念，是用一生的感悟来回报的。

我算是幸运的，四次爱都经历过。一生所爱情真意切的几个瞬间，时常浮现在我眼前。三岁的时候发烧，一个清凉的夜晚，妈妈把一片阿司匹林切成四瓣，给我喂了一瓣，然后到院子里给我把尿，我看见月亮很大、很圆、很亮；五岁的时候，爸爸带我爬红山，我跑得比他快，下山后看见羊肉串，爸爸给我买了二十串；七岁的时候，二姐放学后把我抱在腿上讲她英语课本中渔夫的故事，大姐在做饭，那时常常停电，炉火把大姐的脸映得通红；九岁的时候，和哥哥一起把所有楼门的螺帽偷回家，我心里非常不安，下午又偷偷把螺帽一个一个全部装回去，比上午偷螺帽时更紧张；十二岁的时候，晚上做不完数学竞赛题，妈妈说"不着急，妈陪着你，做不完，你不睡觉，妈也不睡"，父亲串门回来，也坐在一旁陪着我，有不会的难题，父亲就来帮我。父母已老，我限于行动不便，愿有一日能回到故土给二老正正经经磕个头，感念养育之恩。我是不是老了？越久远的事情记得越清楚。人一生究竟能有几个瞬间让你挂怀？

中间的几十年，就像过场，横着竖着、梦着醒着都一样，忙忙碌碌含辛茹苦几十年如七日：忙 day（Monday）、求死 day（Tuesday）、未死 day（Wednesday）、索死 day（Thursday）、福来 day（Friday）、洒脱 day（Saturday）、伤 day（Sunday）。全球语言虽有不同，意义却毫无二致，终究从忙到伤，又带着伤回到忙。有时我从现年 75 岁的父亲那里也能学到不少哲理，他说人到 70 岁自然明白退一步海阔天空，那便是孔子说的 70 岁从心所欲不逾矩吧，父亲读书不多，人生经历和哲学都来自实践。

终于有一日，生活有了不同。35 岁的时候，我牵着她的手漫步苏堤，一

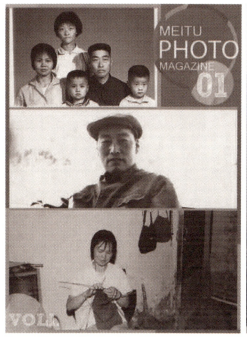

起唱着《恋曲 1990》，那个时节，裙正飘摇唇正红；翌年，她坐在大皮球上，我拖着她的胳膊，以便小生命向下运动降临，医生初时还问我，过会儿会出很多血、会不会晕血，后来便不再问了。我听见第一声啼哭、亲手剪了脐带；40 岁的时候（去年），有一天他指着幼儿园课本里的天安门说想去看看天安门，第二天，去北京的高铁上，他在我的怀里睡得很香。

然而自己不幸正值壮年却病倒了，幸运的是遇到一位好妻子。那年情人节突然腿疼整晚以致无法行走，下午她陪我去医院。我躺在活动担架上，她推着我一个科室、一个楼层地走。她纤弱的胳膊常常推不直，左扭右拐。我躺着看着她的衣襟，似乎是她在抱着我走。我想到杰克·伦敦的一篇小说《女人的刚毅》：阿拉斯加天寒地冻，淘金的人们都在绝望地逃离，一对夫妇夜晚时发现一个陌生人在帐篷外的火堆旁取暖，女人出去看了一眼回来说那人快要饿死了。天亮后他们看到那人就死在帐篷外。他俩继续赶路，几天后女人也不行了，她告诉丈夫，她知道要走出阿拉斯加，粮食只够一个人吃，于是省下了自己的那一份。男人痛不欲生，女人说，"你一定要活下去，不仅为了我，还为了我的亲哥哥"——那天死在帐篷外的人就是她的亲哥哥，他小时候曾从熊嘴里救出自己，为此被熊咬掉了几根手指，他那晚在帐篷外烤火时她就通过几根断手指认出了他，但却无奈地没有相认……

我确诊癌症一年的一个寒冷的冬夜，我伏在她身上，抚摸着她柔软温暖的身体，庆幸自己确实还活着。我望着她，她读懂了我的眼神，我把脸埋进她的长发，眼睛湿润了。我体会着她的体温，我真的还活着。

最好的礼物

10 个月前，2015 年 8 月 17 日，体检查出肺里的肿瘤已经长大了，切除手术已经不能再做，问了多个科室都无能为力。晚上回到家，跟妻子说了情况，我担心后续会爆发式地增长，两人都沉默无语。刚过 4 岁生日的小人儿急急忙忙跑到另一间屋子里拿了一张纸过来，是一幅不能称之为画的杂乱涂鸦，他抬头望着我，"爸爸，你得了癌症，要是你没有了，这是我送给你的最好最好的礼物。"他似乎听明白了刚才我们的对话，看着他真诚的眼神，我的心中一阵酸楚，不知道该说些什么，只是将他抱在怀里，不住地亲吻，"谢谢宝宝，爸爸不会有事的"。过了几日，心中仍感郁结。某个下午，孩子从幼儿园放学回来，我便陪着他写课后作业。毕竟还是个小孩子，这天他几乎坐不住，我很生气，对他说，"爸爸允许你学一次两次学不会，但是学习的时候要专心，绝不允许东张西望、心不在焉！"

我问儿子："你知道爸爸得了癌症可能会死的，那你知道死亡是什么吗？"儿子说，"就像超市里的死鱼，它们的爸爸妈妈再也见不到宝宝了，宝宝也再不能见到它们的爸爸妈妈了。""对，那么如果爸爸没了，就再也不能教你学习知识了，你现在为什么不珍惜爸爸还在你身边的时间呢？""要是你没了，要是我很想你，你还能回来吗？""不能了。""要是我很想很想很想很想你呢？""那我也回不来了。"小人儿坐在我的腿上，茫然了好一会儿，眼里的泪水越来越多，我也无法忍受，我知道这个对话不能再继续下去了。我又搂起他不住地亲吻，但不知道说些什么。

这时，我心里开始盘算：假如我真的哪一天突然没了，我该留给他些什么？也许时间不允许我再这样一个字一个字、一幅图一幅图地教他了，那么我究竟该留给他些什么？

我没有想到现今的幼儿园居然教给四岁的孩子那么多汉字、算术，这在我们的童年、西方社会现今的幼儿园都是极力排斥的。幼儿园时就把小学的汉字、数学运算都教了，孩子真到了小学，你又不能教他中学、大学里的内容，他们自认为什么都会了，还有几个能专心听讲？专心的怕是从幼儿园到小学总也学不会的小孩吧？现在的教育体制实在扭曲，幼儿园把小学的学完了，小学就学奥数。"奥数"这两个字我听了就觉得恶心,我当年倒是拿过全国数学联赛奖的,大学隔壁宿舍就有个我们那一级代表中国拿到国际奥赛数学金牌的。人家都谦虚地从来不提"奥数"这两个字,现在的小学、中学却是全民奥数,好似全中国的小学生不能人手一块世界奥数金牌就不配做中国人似的。我请问,教奥数的老师自己有几个当年拿过省级竞赛奖的?还有中关村那些畸形的课外教育机构,确有北大、清华的教授和高材生来执教,先秦两汉、诸子百家,内容生动,十岁孩子听不懂的,父母陪读,要做好录音笔记,回家继续补课。你的孩子要是还在读《大学》《中庸》,你都不好意思开口,人家的孩子把《尚书》《春秋》都读完了;你的孩子每天只睡7个小时,人家的孩子每天只睡5个小时,其余的时间不是在课堂上,就是在从这个兴趣班到那个兴趣班的路上,吃饭都是在车上;人人都以14岁学完量子物理、高等代数为荣。我们真的要把我们的孩子个个都培养成爱因斯坦、图灵、冯友兰这样的世界级学术泰斗吗?他们的童年都这么扭曲地勤奋吗?那个年少时打架泡妞、成年后把诺贝尔、图灵、美国最高心理学奖拿了个遍的赫伯特·西蒙的少年时代好像没有那么刻苦吧?请问像这样几百年才能出一个的能是你的孩子吗?一旦将来不能成为世界知名大学者、大教授,那么15岁前扭曲的童年、少年时光200%地付出给奥数、先秦哲学、量子物理是多么荒唐、变态的一件事!最后到了30岁拿几张别人不紧不慢也能拿到的这证那证一起去给不紧不慢接触社会、生活、市场、消费的当年二三流的学生如今当上总裁、CEO的人打工。回首前30年,

女朋友没时间谈、朋友哥们也没交上几个、说话办事举手投足技不如人、工作三年辞职六次都因为上司在他眼里是个傻帽、相亲戴上800度的眼镜请女孩子吃饭主动买单100次最终没一个想跟你,这种人生就是现在教育体制的目标吗?还有人拿中关村补习班说事,撰文《寒门再难出贵子》,真是可笑至极,请问什么是贵人?考上北大、清华就能成为贵人?少儿时期父母每年在教育上投资几十万元和30岁后的人生回报真能成正比?毛泽东、蒋介石那个年代的贫富差距比当今不知大多少倍,他们身无分文走出乡村上过什么贵族学校、名牌大学?林徽因、梁思成、徐志摩是靠着殷实的家资遍访世界名校成了一代才子佳人,但同一时代的华罗庚直到在西南联大当上正教授也只有小学文凭,和闻一多一家八口合租一间破屋,两家人仅一帘隔开,在这间屋中写出有关哥德巴赫猜想的论著,获得民国1941年国家科技进步一等奖(仅他一人),再后来他本人没有出国,芝加哥大学却为他立了塑像,列名影响世界最伟大的前80位数学家。

可见,世上无难事,只怕有心人。不要因为中关村一时的聒噪,就认为古今中外千年历史总结的"寒门贵子"的规律经验就被推翻了。人生若有好的家境条件成事的难度和障碍固然减掉不少,但并不意味着将来的天下就是中关村那些兴趣班所能引导的。读书学习固然仍需十年寒窗专心努力,能上哈佛、斯坦福当然要志在必得,但学习的场所未必都在几十万元一年的北大、清华人执教的兴趣班里,学习的目标也不是100%都在教科书中,而要有个平衡,如今的互联网信息社会,想学什么网络上都有,除了数理化和文史哲,生活、幸福、社会、经济、投资、创业这些东西也应该在18岁上大学前有所了解,不要再成为到了高考时连自己有什么兴趣、报什么专业都不知道的教育牺牲品。人生应该是丰富多彩的,有时间应该读读古今中外历史名人的传记,看看别人是怎么活的,也想想自己该怎么过这一生。文史哲可以当作学术来研究,也可以用来修身养性;量子物理可以当作学术来研究,也可以只是作为谈资。反正台下听戏的是傻子,台上唱戏的是疯子,各有各的道理,但是谁有真本事最终会水落石出,没有真本事的终究会像沉沙一般坠落。

另外,学校学习的最终目标不正是未来走上社会谋取想要的生活吗?而现行教育体制从不让学生有机会思考幸福和生活是什么。我反思了一下自己,读本科时当同学们讨论出国时我常常没有兴趣参加,读硕士时同学们讨论移民北美、澳洲时我同样回避,只顾申请博士奖学金,其实,这些都是同学们在分享和探讨自己将来想要或者适合什么样的生活。现在我才明白,对于我个人来说,30—40岁最好在中国或者美国奋斗商业科技,50—60岁最好在剑桥或者斯坦福再读个社会学或管理学跨学科的博士,然后在大学里做个教授,70—80岁以后最好每年秋冬去北大听听讲座、会会校友,春夏回老家新疆,自己看看书,找儿时的朋友们喝喝茶、打打牌,隔三岔五去欧洲某个僻静的乡村晒晒太阳、喝喝啤酒。这才叫做生活。然而,现在的年轻学生有几人能清晰地思考这些问题?如果不能,起码要能从历史传记、文学艺术等书籍中得到些感性的认识,而不至于到了高考的时候还不知道自己将来想要什么样的生活。

也许我的时间不多了,这么多的道理不是一时半会儿能跟儿子说清楚的,我究竟该给4岁的儿子留下些什么?我还在搂着他一边亲吻他的头发一边继续沉思着,平日里闹腾着不让我抱的小人儿那天也安静得出奇,似乎一直在等待着我将要跟他说些什么。

终于,我拉着儿子走到他的小黑板前,写下四个字"智力、毅力",并豪气干云地说:"跟爸爸大声念,人生做事第一要靠'智力和毅力'!"儿子跟着念了一遍。我说:"今天就记住这四个字,明天和后天爸爸再每天教你四个字。你现在或许不懂是什么意思,但是一定要把爸爸教你的这几个字记住,每天给爸爸背一遍。如果爸爸有一天没有了,你要每天都想一想这几个字是什么意思。

今天这四个字的意思：智力就是你聪不聪明，毅力就是一件事如果没做好，就要有长年累月的决心，一定要把它做好。毅力和智力是相辅相成的，没有人天生就一辈子都聪明，小时候聪明但是没有毅力不努力也就小时了了，只有有毅力的人可以把自己变得越来越聪明。"

第二天儿子放学，我又教了他四个字，人生做事第二要靠"朋友、助力"。让儿子记住，小孩长大后就要自己讨生活、混社会，做人在先，做事在后，所谓做人简单来讲就是多交朋友，一群人的力量总比一个人大得多，对朋友要真诚，你帮朋友，朋友帮你，这样才能做大事。

第三天的四个字是"眼界、定力"。这个给他解释有点费力，不懂就先记住点粗浅的吧。一个人能力变强了、能做的事变多了，他就能见识到、接触到一般人一辈子都接触不到的事情，他就比一般人懂得多得多，这就叫眼界；当一个人能力强、能做的事多了，就会有很多人和事都想找他来做，好事、坏事都有，甚至好事里面都可能蕴藏着坏事，只是短时间内很难看清楚，这时这个能力强、眼界大的人就需要禁得住诱惑、少犯错误、多做好事，这就叫定力。这世上大多数人也就只能做到昨天说的"朋友、助力"，只有少数人才能做到强能力、大眼界、大定力。

此后每天上学出门前，都让儿子把人生做事这三对词十二个字给我背一遍，他懂不懂我不知道，但是我很欣慰。

五行山下

今年年初，一节腰椎被癌细胞侵蚀坏了，没想到腰椎手术后躺了近半年，动弹不得，犹如孙悟空被压在五行山下。阎肃给《西游记》的这一部分写的歌词俨然就是我当下的写照，"五百年，沧海都变成了桑田，也只是毫

无意义的一瞬间,五百年,蹉跎了岁月,激荡(伤透)了情怀"。有一天偶尔听到这首歌,不禁一夜无眠。这段时间因为动弹不得,全身肌肉萎缩得厉害,也常常疼得生不如死。如果生命仅仅剩下疼痛,还有什么意义?得不到解脱!坐起、站起的恢复训练进展得非常缓慢,犹如愚公移山,箕畚运于渤海之尾,寒暑易节,始一反焉,看不到什么时候是个尽头,只盼王屋太行每日少了一角,望眼欲穿。无数个夜晚,空悲叹,小重山,更哪堪无人知断弦!五百年,只一颗心儿未死,依然是志向不改、心念不衰。功夫不负有心人,某日终于站了起来,自拍一张留念,作几行《五行山下》,纪念这段艰辛又无奈的时光。

五行山下五百年
奈何沧海只等闲
蹉跎岁月千秋苦

> 血洒雁门独空眠
> 夸娥亦赴愚公山
> 功夫从来不唐捐
> 把酒挥髦王屋顶
> 笑傲江湖醉九天

不想没几日又急转直下，生日那天在医院里已抽出 4.2 升胸腔积液，艰难度日，收到大学同学的很多祝福，我在微信群里给同学们写下几行当时的感受，收在这里：

非常怀念大家在未名湖边相聚的日子，此刻我好似已经醉了，现在我已能做到《天龙八部》中扫地僧说的无胜败心，但是谁又能看破生死？谁又能笑傲江湖？我只佩服两个人：曲洋、刘正风，但这样的人真的存在吗？我庆幸自己还活着，唯愿有朝一日，可以像风清扬老前辈那样，在山外傲视江湖却不必笑出声来。

听爸爸讲故事

近些日子，身体几乎到了崩溃的边缘，大堆胸腔积液导致无法呼吸，住院治疗。我自己常常预感生命走到了尽头，连续几天滴米不进，仅靠输液维持，喘气、说话也极度困难，医生亦对妻子说，"做好思想准备"。活着，真难！

过了些日子，我又如疯子一般吃了碗面条，宣布，我还活着。几日后，有惊无险地回到家里。几度灰心绝望之后，在朋友圈里发了条丧气的微信，只让北大校友看得见。得到的多是鼓励，理解者甚少。次日布丁酒店的创始人兼 CEO 朱晖校友来家看望，亦兄亦友般地说了很多关切的话。

　　在生不如死的疼痛中又挨到了儿子从幼儿园放学回来，用哑了音几乎说不出话的嗓子喊儿子过来，让他搬个小凳子坐在我摸得着的地方，摸着他的毛毛头，我说"好些天没讲故事了，咱们今天接着讲三国"。每到傍晚，我每说一句必咳十下，去他的吧，这条命豁出去了，"前几次讲了桃园三结义、曹操、吕布的故事，今天咱们讲关羽的故事"。

　　关羽，曾经有一段时间和他的大哥刘备、三弟张飞在战斗中被打散了，一度被曹操收拢帐下，曹操用当年吕布的天下第一名马"千里赤兔兽"和"美髯公"的雅号收买关羽的心，但他从不为之所动，执意要去寻找失散的哥哥刘备。因了这个缘故，后人奉关羽为忠义千秋的武圣人。曹操百般无奈，只好遂了他的心愿，也算交下这个朋友，放他走了。于是就有了流传百世的"过五关斩六将""千里走单骑"的故事。

　　现在，爸爸问你一个问题，上次讲过"三英战吕布"的故事，刘、关、张三个人合起来都打不过吕布一个人,为什么曹操杀了吕布这个天下第一武将,却偏偏喜欢关羽?关羽和吕布谁厉害?

不到5岁的儿子当然答,吕布单打一个关羽,肯定是吕布厉害。我说,不错,但是曹操为什么更喜欢关羽而且一定要留住他为自己效力呢?儿子摇摇头。我问儿子,"爸爸让你记住的人生做事第二要靠什么?"儿子很快就回答,"靠朋友和助力"。

对,因为关羽的忠诚和义气,他能得到很多信服他的人的帮助,于是他后来有了千千万万的将军和士兵帮他打仗,而且他懂谋略,懂得指挥千军万马,运筹帷幄,决胜千里。那么他和仅仅自己武功厉害却没有朋友、不懂谋略的吕布相比,谁厉害?

关羽!

对。所以，记住爸爸告诉你的"人生做事第二要靠朋友和助力"，对朋友要讲义气，你帮朋友，朋友帮你。那么，关羽的谋略又从哪里来呢？

……不知道。

读书和实践，就是知行合一。

……

关羽"过五关斩六将""千里走单骑"故事中有这样一个小插曲，在有一关，守城将军想要害死关羽，命手下的人在黑夜里用柴草烧死他。手下的人放火前出于好奇，想看看守城将军要烧死的是个什么样的人物，于是隔窗偷偷一看，不得了，眼见关羽威风凛凛地端坐在油灯前，左手拿一本《春秋》，右手捋着胡须……这哪里是个凡人，简直就是天神下凡！于是这个人不忍加害关羽，他因此得以平安地渡过这一关。关羽夜里读的那本书《春秋》讲的都是我们中国历史上文化思想和军事战略最鼎盛、最活跃的周朝时的历史故事，关羽的谋略有一半来自这些书里，一半来自他领兵打仗的实践中。那么，关羽夜读《春秋》是这天他偶尔读了一次就被要害他的人碰巧看见了吗？

……不知道。

肯定不是。关羽只读了一次书，就被别人看见了，天下没有那么巧的事。一定是关羽读书习以为常才会被人看到。所以，读书、学习不是一朝一夕、一曝十寒的事，而是持之以恒、天天都要做的事。爸爸问你，爸爸说的"人生做事第一要靠什么"？

人生做事第一要靠智力和毅力！

对，记住，关羽坚持每天读书，持之以恒，这就叫做"毅力"。

记住了。

你知道关羽最终的结局是怎样的吗？

不知道。

关羽后来成了三国当中的蜀国最厉害的"五虎上将"的第一名将，统率管理魏、蜀、吴三个国家必争的当中要地荆州。因为他的能力和眼界都超出了一般人，这时的他镇守荆州大片土地就变得责任重大，他的每一个大大小小的决定都会影响到千千万万人的生命安全和生活幸福，所以他这时做每个决定都要尽可能地避免犯错误。想想爸爸说的"人生做事第三要靠什么"？

眼界和定力！

对，关羽这时能力非常强，能做的事非常多，那么很多坏事和诱惑也会随之而来，如果不谨慎就非常容易犯错。所以，禁得住诱惑、少犯错误就是定力。

记住了。

后来，关羽因为自己的功绩越来越显赫，就变得傲慢了，于是就给敌人以可趁之机，导致他大意失荆州，而后败走麦城，在途中死在几个无名小辈的手中。这说明，人的定力不但要禁得起外部的诱惑和错误的信息，还要禁得起来自自己内心的骄傲、迷惑和错误。

下一件最美好的事情

某晚做了个梦,醒来后梦中场景清晰可见、历历在目。梦中我已头发半白,和儿子坐在斯坦福大学的同一间教室里,又重新开始了大学的学习生活。开学第一天,窗明几净,一位比我年纪更长的白发老者在课堂上当着全班同学的面问我:"你这么大年龄为什么要和这些年轻人一起读书?"我愉快地回答:"斯坦福大学的教学改革印证了我多年以前就认定的一件事——读书是一辈子的事。他们用年轻的想象力读书创造,我用我一生的经历去分享读书的乐趣。我的生命已离不开这芳草青青的校园,我愿把全部生命撒尽在永远年轻的大学校园中。"

优秀是一种习惯

2016年2月23日

和朋友聊到教育小孩读书、做事，想到如下一些观点：优秀是一种习惯，成功绝不是偶然。

习惯，就是白天不懂夜的黑

先说说什么是习惯。你不自觉地就会有某种心理（比如不服气、不服输）、不自觉地就会有某个动作，或者不自觉地就会做某件事情，那就是习惯。习惯无所谓好坏，习惯就是习惯了：一个习惯于把大部分时间用来读书的人不会理解一个习惯于把大部分时间用来梳妆打扮的人的乐趣，后者也不会理解前者"书中自有黄金屋"的乐趣。这就叫做白天不懂夜的黑。常听年轻的家长说，小孩子那么小，让他背那么长的《三字经》《论语》，会不会现在学多了、压力大了,长大后反而厌学?说这种话的家长,一定是自己没有读书习惯的人。试问,让一个烟鬼扔掉烟容易吗?如果一个小孩子从小就习惯了书籍(可以是家长读给他听)中的优美文辞、动人故事、天文地理、自然科学,一旦他把对知识的好奇和获取变成了一种愉悦的习惯,他长大后又怎么可能扔掉这些习惯?有这种担心的家长一定是自己没有养成读书习惯的人,或者逢书读三页放一边再也不碰,或者一目十行读完三天忘记大半。吃完晚饭,同样要做点事,这就是习惯,有人听会儿古典肖邦,有人看会儿欧巴韩剧,有人读会儿政治、经济,有人涂会儿指甲、敷会儿面膜,这就叫做白天不懂夜的黑,快乐是同样的快乐,内容里面见高低。

优秀是一种习惯

三岁小孩是白纸一张,养成的习惯无论是好还是坏都会伴随一生。为什么说"三岁看老"?因为人一生的性格大多在三五岁时就已经形成,很难改变,比如有上进心、不服输是一种,懒懒散散、差不多就行也是一种,三五岁的小孩已经能看出来,只是大多数年轻的父母不知道如何影响、引导小孩,或者说将小孩归正到一个"优秀"的习惯上来,原因是其父母自身就没有多少"优秀"的习惯。比如父母就有拖延症,做什么事都磨磨蹭蹭,小孩上幼儿园也总是迟到,那么可预见的将来他对迟到这件事也是毫无所谓,这看起来不是多大一件事,但他很可能对于许多其他的事情也会觉得做到 60 分、80 分还是力争 100 分都无所谓,那么可预见的是,他在许多别的事情上和迟到这件事也是同样的态度,30 分也无所谓。当然有人会这样为自己辩护:我只要在重要的事情上争取 100 分就够了,那些不重要的事情何必过分劳神?一个求学、创业已经身经百战、年过不惑的人或许有资格判断何为重要、何为不重要。而对于一个学龄孩童来说,他没有判断孰轻孰重的能力,你在这件事上放任他达不达标无所谓,那么他在别的许多影响一生的习惯上都会对自己采取低标准。习惯于事事精益求精是一种习惯,习惯于事事拖延磨蹭、60分也行30分亦可也是一种习惯。

网络上最近流行一篇文章——《在北大清华当学渣是什么滋味》，文章里描述了一种人，就是不光你比学习比不过他，别的也一样。你以为你是你们省里的前几名，可谁不是？！你以为你运动还不错，你跟他/她跑个十公里试试；你以为他/她是个工科生，你跟他/她聊聊康德、黑格尔试试；你以为你还有个钢琴十级，你跟他/她聊聊古典试试；你以为再不济你是省状元，结果发现他/她是国际奥赛金牌得主，而且不论A类数学分析还是量子物理，哪怕中国革命史他/她都考了个99分，丢的1分是因为老师说不能有满分免得骄傲；你最后找点自信，认为他/她长得总没你好看，最后你发现她/他就是传说中的那个校草/校花，追求者除了本校的，越过白颐路（现在叫中关村北大街）隔壁那边来的也不少，并且他/她每天放学后的时间从来就没去上过自习……这是传说吗？你别不信，去北大、清华看看就知道，优秀不是别的，就是一种习惯，从小就习惯了事事优秀：从幼儿园的每一次作业让老师盖上"优"，从每天出门前检查自己的装束是否整洁，从每次考试看每门课是否达到120分，为什么不是100分？如果你只是做到100分，很可能是侥幸获得，因为如果老师出的是另一道题，你可能就得不了100分了。

优秀是一种习惯，创业成功或者考上北大、清华绝不是偶然。投资人最看重的往往不是创意这件事，更多的是看实现创意的这个团队的人。这个创意很多人都会想到去做，不同之处在于这个人有没有周密地把事情做成的"习惯"。考上北大、清华的如果再考十次八次，他们大多还是佼佼者，不存在超常发挥或者发挥失常那回事，因为高考那点题目对他们十多年养成的习惯来说，不过是多做一次作业而已。

也有许多人认为读书无用，那么多没上过大学的人不照样开公司挣大钱吗？错，大错特错！除了说明那些人有把事情做成功的习惯之外，这个问题要从以下两个角度看。第一，把全国所有高中学历以下的人的平均收入、多少人中出一个大企业家的比例，和毕业自前十所名牌大学的人的平均收入、多少人中出一个大企业家的比例，比较一下，就知道读书有用无用。第二，南怀瑾也说过，中国改革开放头30年成长起来的第一批企业老板不算真正的企业家，因为什么行业都是百废待兴，每个行业必然会产生一些大老板，这些人是台风吹起来的，而当每个行业都已饱和时，再在虎口里拔牙胜出的才是真正的企业家，比如"80后""90后"创业成功才是真本事，而这些人有几个不是靠知识起家的？有几个还能像20世纪80年代下海倒买倒卖鞋子、袜子、电子表、录音机，靠倒卖政府批文赚双轨差价发家的？看看当下欧美发达国家和国内如火如荼的创业投资，致富不靠知识的年代永远不会回来了。

怎样培养小孩子的习惯

知识的获取，无非两种途径：读书、实践，二者互进互补，相得益彰。让小孩子爱上读书，也是一种习惯，有这种习惯的家长回忆一下自己的童年是如何养成这种习惯的，自然就知道如何指引下一代培养这种习惯了。

我觉得没什么窍门，就是两件平常事：一是能坐得住，二是能专注。不要认为给孩子一个阳光快乐的童年就等于让他想咋疯就咋疯、想咋玩就咋玩，喜欢玩沙子就周末带着他到海边玩两天两夜。大错特错！你以为他过了个快乐的童年，到上学了他就知道要好好学习了吗？他已经习惯了奥特曼你打我一下、我踢你一脚，怎么可能有兴趣跟你背唐诗、学算术？怎么可能进了学校就喜欢读书、学习？你以为他到了高三自然就知道为了前途要考北大，然后就能考上了？每个人都想到高三的时候努力两天就考上北大，但那是你想考就能考上的吗？不！那靠的是从幼儿园起就养成的一种能坐得住的习惯！我说的坐得住不是书呆子、拼时间拼体力那种，否则北大、清华里不会盛产前面说的那种放了学从来不自习还能门门考90多分的人，考上北大、清华的往往是在高二、高三大家拼命学习的时候，反倒每天花四五个小时打球、读小说的人，因为该努力坐得住的时间已经习惯地、均匀地平摊在前面十年了。

专注这种习惯是对坐得住的一个补充和增益。也有很多人坐得住，但往往没有效率。你看那些量子物理、历史哲学、古典后现代无所不通的冰雪聪明的才子佳人，之所以掌握这么多知识和技艺，还门门深入精通，就是因为他能一坐数天半月钻研悟出某一门类别人一辈子也学不通的知识和技艺。原因很简单，坐不住的人自不必提，坐得住但不专注的人，心猿意马，获取知识每每流于肤浅，每次挖一镐不足三寸，换个地方再挖，还是三寸，永远不能一鼓作气挖地三尺，也就永远停留在肤浅的水平上。能专注的人就能事半功倍，就会有大把时间干别的事情，在干别的事情的时候依然能坐得住、能专注，所以这种人一事优秀事事优秀，所以说优秀是一种习惯。

对于很多家长来说，怎样让小孩坐得住是个难题。其实也没那么难，关键在于家长能否想得通如下的道理：爱玩是小孩的天性，但是玩要看怎么个玩法，漫无目的地看《熊出没》、玩沙子是玩，培养一种兴趣，比如读书、画画、做手工也是玩，后一种有目的地玩其实就是培养坐得住的习惯。我个人认为最多培养一两种兴趣，如果音乐、舞蹈、书法、绘画、英语、武术有多少个兴趣班就参加多少个，眼花缭乱等于在培养孩子坐不住、不专注的习惯。

三五岁的小孩的天性是喜欢漫无目的地瞎玩，那么就要尽量减少小孩漫无目的地瞎玩的时间，如果你的目标设定在100％的时间用来坐得住（学习、或有目的、有兴趣地玩），小孩倾向于漫无目的瞎玩的天性使他最多达到你设定目标的30％，他一定会"偷"时间去玩别的，最典型的就是人坐在那里但是70％的时间心猿意马、思想抛锚；小孩是天生的察言观色的谈判高手，他会哇哇叫着说太累了、不想学了，如果你对小孩报以妇人之仁，觉得不该对他太严格、太残酷，要求他50％的时间用来坐得住（学习或有目的、有兴趣地玩）、50％的时间用来随意瞎玩，那么他用来坐得住的时间就只有15％（50％×30％，另70％干啥了你懂的），并且由于你给了他"瞎玩也很重要"的信号（因为和学习具有同样重要的权重），那么他15％的坐得住的时间又会继续大打折扣，因为他的心早就飞到瞎玩那边了。我小的时候父亲为了不让我漫无目的地看电视，家里干脆就不买电视，直到我有了一定的自制力后才买了电视。但有了电视后，我也几乎不怎么看，这就是习惯。而街坊邻居家的小孩几乎都是每晚和父母一起看到该睡觉时才关电视。他们不理解我不看电视究竟会不会苦恼，我也不理解他们天天看电视究竟能获得多少快乐，这就叫做白天不懂夜的黑。但是，我到高二、高三没有一天不打球、不看电视，而每当我第二天课间跟大家讨论前一晚在电视上看到的乔丹、发哥、星驰、修贤的时候，我发现没几个人理我，因为他们大多都才开始培养坐得住的习惯。

我在小学五年级拿到乌鲁木齐市小学数学竞赛前几名的奖，这在我们那个教学质量非常差的子弟学校来说是件破天荒的事，同年参加地市级的书法比赛也拿了第二名的好成绩。父亲的朋友拿着《乌鲁木齐晚报》登着我获奖的新闻给父亲看，问："你连小学都没毕业，你儿子行啊，你是咋培养的？"我也在反思这件事，我猜测父亲在培养四个孩子的习惯这件事上，在前面的哥哥姐姐那里应该用了妇人之仁，也看到了结果，到我这里终于下了狠心不打折扣，才规范出了坐得住的习惯。坐得住这个习惯养成之初确实有些枯燥乏味，但如果没有一口气坐定三个小时心如止水、悬肘临帖，哪里会有竞赛获奖？后来肯定也不会愈发地感到拥有进取心是一种乐趣和享受。一旦坐得住成了习惯、在某方面取得了成就，就会变成一种享受。由坐得住到读书进取再到某方面有所成就，这种习惯对于一个人来说究竟是乐趣，还是枯燥和压力呢？每个人有每个人的看法，习惯不同而已。

坐得住是一种自制力。请不要把坐得住和性格内向、木讷等同起来，二者毫无关系，性格生龙活虎者只要有自制力就能坐得住，生性不好动性格木讷者亦可外表冷漠、内心狂热。也许有人担心从小就让小孩坐得住，长大后会不会变成木讷的呆子，我觉得大可不必如此担心，这世界琳琅满目诱惑多大啊？接受一点诱惑只需要几秒钟的时间，而养成坐得住的习惯没有三五年怎么可能？我在大学里认识的方方面面都优秀的人，都是坐得住的，同时也都是武侠、电游、抽烟、喝酒、打牌、泡妞一样都不耽误的。这些习惯都是人之常情，不用培养，反而要从小尽量克制，保持距离，再能坐得住的上进青年，遇到个心动女孩只要一眼就会坐不住跟人跑了。记得读硕士时，一起租房子的几个人都是北大、清华毕业的，和我住同一个公寓的一个清华毕业的男生和一个北大毕业的女生好上了，某日男生教训女生："你咋就那么坐不住呢？！一本俞敏洪的 GRE 怎么就背不下来呢？！来，你拿这本书来给我抽查，看我哪个词不认识！"女生是比我低一届的师妹，在清华这哥们的谆谆教导下和他一起去了美国，这个坐得住的男生去了沃顿商学院（全球排名第一），我记得他迷上我的小师妹只用了一秒钟的时间。

不要输在起跑线上

优秀习惯的养成，有些事情是偶然的，有些事情是必然的。我在幼儿园的时候，幼儿园老师基本没什么文化，也找不到什么故事书念给孩子们听。有一次，老师们发现我在几个孩子中间讲故事，于是，就每天都让全班百十个孩子围着我坐，我就把前一天在收音机里听到的《小喇叭》《星星火炬》节目中的故事讲给大家听。我听收音机是因为有段时间中苏边境可能要开战，大多数小孩都被送回内地老家，幼儿园不开，我常常一个人被父母反锁在家里，唯有听收音机打发时间。这个习惯的养成纯属偶然，而每天给小朋友们讲故事使我养成了善于运用语言、勤于思考的习惯，这个习惯的养成却是个必然。后来小朋友们也习惯于遇到什么自然现象方面的问题都来问我，久而久之，我习惯了别人有什么问题都由我来解答，比如小朋友扔石头看谁扔得远，我告诉大家扔 45 度角最远；小朋友发现透过火焰或者夏天炽热的路面上方的热空气看到的物体会跳动、晃动，我告诉大家那是因为空气受热不均密度发生了变化，相当于空气中有个动态变化的曲面棱镜导致光的弯曲折射，这和笔直的筷子放入水中变弯是类似的道理。虽然那时我远远不知道中学物理有力学、热学、光学这回事，但这些现象、规律早已习惯地印入我的记忆内存。等到了上中学的时候，物理课本里那点东西还用得着学吗？我早就在幼儿园、小学时通过观察自然现象的习惯掌握了，中学课本不过是把我脑子里已有的东西用文字和公式再印证一下而已。这就是习惯的力量。上高中时我又有个习惯，找一天下午到书店里找本习题书，心算，一下午做完一本书，这样这本书就不用买了。高三时练习高考物理题，每天做一套模拟试卷，如果超过 12 分钟没做完或者错一丁点，就罚自己再做一套，直到课间 10 分钟做完并且满分为止，这成了习惯也成了乐趣，因为并不费力。

也许现在的孩子有条件不必非考北大、清华，可以直接考哈佛、斯坦福了，但要求只会更高，读书思考、发现问题、分析问题、动手协作能力都是从小养成的习惯，非临时抱佛脚便能蒙混过关。我读博士时给英国的计算机本科的学生做"软件工程"那门课的助教，第一堂课一进教室，学生对我说，"老师，这门课我们打算这样学，我们不需要你讲任何东西，你只要每次课在旁边知道我们在干什么，有更好的建议时告诉我们做参考就行了"。于是，他们分头给我讲项目概况、计划分工、多长时间由谁完成目标设定、多长时间进行问题分析、多长时间进行 UML 结构参数设计、多长时间进行代码编写、多长时间进行测试、多长时间进行报告总结，一个学期下来我反倒跟他们学到了很多。他们这种自己发现问题、自己找参考书学习、自己动手解决问题的习惯，也是西方教育体制从幼儿园就开始培养并固定下来的。还有一次我去牛津大学看望一个大一的小同学，她向我展示了她们理科实验班（就是不分专业，还跟高中一样数理化什么都学）的一门课的作业，这门课说不上是物理、机械还是手工工艺课，就是设计制作一个收音机，先把电路设计（包括电阻、电压、线圈、三极管等）、机械制图（三个切面的透视图)、频率响应范围、信噪比等的详细设计图纸交上去,留底作为期末交作业时的检查标准(每个人的设计,从外观到性能、参数都不一样),然后锯木板、绕铜丝线圈、矫正接收频率/信噪比、装订、打磨工艺,等等,而这些都是大一新生不曾学过的!所谓牛校,牛的不是学校,而是这所千年老校借前人这方宝地招来了一群本来就是牛人的学生,然后这帮牛人聚在一起切磋武艺、各显神通,这所千年老校就成了"千年老妖"了。有时候我在想,北大、清华在中国算是牛校,但距离牛津、剑桥、哈佛这种世界级牛校在体制和方法上还差几个"千年老妖"?中国的教学方法,特别是幼儿园的教育方法,再有 100 年,能不能赶上?

小孩子一旦养成优秀的习惯,家长再不必监督他是否贪玩,再不必苦口婆心地讲人生的大道理。这才是真正意义上的"别让孩子输在起跑线上",那不是拼爹,也不是拼谁报的学习兴趣班更多,而是让孩子在三五岁这个起跑线上养成"优秀"的习惯。

《从 0 到 1:开启商业与未来的秘密》那本书总结过,一个创业者最应该考虑的七个问题之一,就是"把这件事做成的秘密"。所谓"秘密"就是只有你(或者极少数人)知道、别人都不知道的事情。以上就是我考上北大的秘密,不是别人想得那么枯燥、压力山大,也不是谁的脑袋比别人大多少,爱因斯坦几千年才出一个,对于其他人来说,秘密在于——优秀只是一种习惯,三岁养成,至死方休。

游柏林随想：什么时候都不算晚

2011 年 9 月 23 日

为了攻克这里，1945 年四五月间，苏军战死两千多人。

柏林墙 1990 年倒塌了，这里归还了德国联邦政府。几天前一个年轻的出租车司机说这里 20 年前还架着很多枪，虽然柏林墙只有 3 米高，但谁也过不去。他问我长城有多高，我说差不多 10 米吧，是用来防御古代的步兵、骑兵的，没有一定的高度不管用。他说人类的历史就是一部战争史，我深表同意。从小每当看到德国人我就会联想到穿着军服的德国大兵。

对德国这个民族我总有一种崇敬感。近距离接触过的第一个德国人是在新加坡国立大学做助教时的一个本科交换生。一天中午他背了个大包来找我，说有问题问我。他想用面包板和可编程中断控制器 8259A 等几个简单逻辑芯片做出一个具有四则运算功能的七段译码器，每一个输入都用只有高、低两个电位的触发器来输入,但他没有看懂8259A的一段内部逻辑。世界上哪个大学也不会要求学生弄明白芯片的内部逻辑,只要知道每个引脚的输入、输出就够了。我听后只有一个念头,就是能溜则溜,谁碰到这样的疯子千万别忘了赶紧去买六合彩,准中头奖。因为那无异于要用几根铜线做出个电脑来——什么叫恒心、毅力?这到底算是孔子说的知其所以然,还是德国现代版愚公移山?于是,我说我要去吃饭了,他说现在是上班时间找我问问题是我分内的事;我问他为什么不找教授去,他说是教授让他来找我的,我听了简直要跳脚了;我又说我要去吃饭了,他说如果我帮他解决了问题他就请我吃饭,这下我连发怒都没有理由了;我干脆说我不会,这下他总该没辙了吧,他却说他把8259A等一系列芯片的逻辑都从网上下载、打印出来了,让我现场看、现场解答。我立刻觉得眼冒金星了!临了他还加了一句,我听说你是中国人才来找你的。冲这句话,兄弟我绝不能让德国人失望啊。虽然这个2米高的德国佬个子比我高,可咱的头比他大呀!干了!于是让他把大包里的一大摞资料拿出来,不免还是头大了几圈。我说没准要看几个小时,他说没关系,他也没吃饭呢,搞不明白不去吃饭、搞明白了他请我吃饭。3个小时后,我终于帮他解决了。吃饭的时候我了解到,他以前上的是技术学校,然后就工作了,到了28岁觉得职务太低,于是想好好上个大学,认真学点知识,因此开始和比他小10岁的人坐进同一个课堂。他说他还没有

结婚,很珍惜这样的机会,也很享受这样的时光。崇敬之情油然而生。如果是个中国人到了这个年纪还会对一个连课本都不要求的小知识这样较真吗?难怪德国人能造出世界上最好的汽车。喜欢西方人对生活的态度,人是为自己活着的,搞不明白的问题骗得了别人骗不了自己。活着应该对得起自己。还有一条就是,什么时候都不算晚。

三、谈谈读书

- 读书吧，虽然这些知识终将随着我们的生命而去
- 系统化思维（1）
- 系统化思维（2）——幸福最大化
- 从 0 到 1：创业/企业/项目负责人需要常常反思的几个问题
- 华为流程管理的精髓是什么？
- 从天下三大行书看艺术的历史与人生哲学
- 当霍金说"哲学已死"时，他在说什么？
- 读书笔记几则

读书吧，虽然这些知识终将随着我们的生命而去

2015 年 5 月 29 日

这篇文章，我想谈谈为什么要读书，以及读书的方法和对人生的意义。

关于读书，小时候，我们被大人们逼迫着读书，觉得实在是种煎熬，无非是为了高考，其实大多数小孩明知道高考与自己没多大关系——1998 年以前是大学生凤毛麟角的年代，绝大多数学生明摆着上不了大学，心里明镜似的，读书只要和高考画上了等号，当然一文不值，还不如读读金庸和琼瑶；1998 年以后，国家高校扩建、大学扩招，只要不是脑残并且不报北大、清华，考不上大学的变成了凤毛麟角，所以，只要读书还是为了高考，读书又变得一文不值了。一种普遍的观点是上了大学就万事大吉了，"读书"就这样被中国的父母和教育工作者们误导成了"读书＝高考"。所以，我们的青少年当然把读书看成是一种枷锁。后来，有无数成功人士像是复仇一般，发出了肺腑中最沉闷又最恣意的呐喊：读书无用！为了高考读的那些书当然无

用,即便考上北大、清华的,初中、高中读的那点书,后来又用上了多少?那些成功人士,不管当初考上大学没考上大学的,之所以成功,是因为在社会中"读"了很多有用的"书"——这些"读"未必是桌前灯下,这些"书"未必是白纸黑字。

又值高考之际,估计我前面的这段话对于孩子马上要高考的家长很不中听。所谓成功,和高考毫无关系,成功人士,名牌大学毕业的、高中都没上过的,都大有人在。我倾向于认为"成功"正比于"读书",这二者和"高考"毫无关系,高考无非是想上北大、清华这种一流大学而不得不参加的一场竞技游戏而已,而上不上北大、清华和是否成功、有没有读书也没有必然的关系。

读书,终究是有用的,不管是用来打工还是创业,也不管是用来为人处世还是其他,因为每个人的生活并不仅仅是为了高考,每个人的生命也不会在高考完了就终结,我们的生命和生活反而是随着离开校园才刚刚开始。我今年整40岁,前20年没读过什么有价值的书,虽然考试成绩一直不错,因为那只是不得不参加的一场游戏;后20年读了些书,才逐渐发觉自己逐步成为一个完整的人。

几年前确诊癌症之后,在家休养,有了比较多的时间读书。拿出大学毕业前在北京书市上买的《资治通鉴》和《史记》,没有人强迫,开始时只是为了把注意力从手术后的疼痛中转移开,后来读出了乐趣,而且,读书还能救命。因为我的病理实在罕见,后来扩散后医院也拿不准怎样在保留生命和保证生活质量之间做出最佳取舍。当医生知道我在英国读过博士,觉得我的英语还不错,就建议我自己去找这方面最先进的学术论文,于是我就开始了自己的读书救命之旅。当然,我并不是医学博士也不是医生,但学术论文是一个套路,研究计算机的和研究医学的都是一样的,于是我在紧迫的时间里读了许多论文,拨开繁复、理出逻辑和结论,再找多位国外、国内的医生咨询、确认(在此感谢每一位救助过我的医生),就这样自己给自己制订了手术以及治疗方案。谁说读书无用?关键时刻,谁也不能帮你拿主意;关键时刻,读书能救命!

中小学课本中,鲜有能让我们感兴趣的或者用得上的东西,所以,我们往往厌恶读书。比如,历史书,一堆时间、地点、人物的罗列,与每个中小学生的生活和未来成长有什么关系呢?既不能启发什么智慧,也不能陶冶什么情操。假如不是被逼着抄写作业,而是引导着读读相关历史时期的一些人物传记,让年轻人自己去发掘一些值得学习的光辉点,还用你强迫他去读书吗?还用你告诉他大学毕业后该干什么吗?有一次中学同学的微信群里讨论怎样避免女儿早恋,我出了个主意,让她多培养些高雅兴趣、多读多知道些伟人事迹,一旦她心目中有了男人应有的伟岸形象,她周围那些小男生全都得"歇菜"。

我们的中小学教育,除了围绕一个高考的目标,再无其他,这就好似一个人没有信仰。一个年轻人这样读书读到18岁参加高考,除了成为一个考试机器,再无生活目标、生活情趣,是多么荒谬的一件事。人生如果只有一个坚如钢棒的目标,一旦过早实现或者中途折断,还有什么意义?!那些轻生的人多半如此。而生活应该是多彩的,但我们的时间和精力都太有限,最好的方式就是在读书中体验更多的乐趣,让自己的人生变得丰富、丰满。

在我看来,书分两类,能直接实践的就没有必要浪费时间去读那些无用的书,比如孔子、老子,那些高考不咋地后来很成功的人多半是在直接实践;另一类是无法亲身实践的书,比如霍金关于黑洞的理论书籍,我们不可能钻进黑洞里去看个究竟,也不可能帮他捕捉到散逸粒子,不然我们就和他一起拿诺贝尔物理学奖了,又或者你不可能穿越到 4 000 年前去看看为什么原本郁郁葱葱的古埃及帝国灭亡后变成了寸草不生的撒哈拉大沙漠,这些书就值得花时间去读。

这些书是智慧、是哲学。那些在企业中当了"老大",不再为生计发愁的人,不管是高考成绩好的还是根本没上过大学的,当人生阅历达到一定高度之后,往往都会思考一个问题:生命,或者说哲学的终极问题:我们要到哪里去?或者如你我一般,生活平平、波澜不惊,人生走过一半,也开始自问,若这样一成不变再过几十年,我们来到这个世界上究竟有什么意义?这是无法在短时间内实践的事情。所以我们都会不用人督促,而自觉地在前人的智慧中寻找答案,那就是读书。

我很喜欢读人物传记和历史书,这些书能告诉我前人存在于这个世界上曾有过什么样的意义。虽然我们每个人,不论平凡伟大,不管怎样努力,也不可能在这个世界上留下多少"印迹"。有一天我读美国史,读到一个英文词"dent"(凹痕),就是乔布斯说的那句话 make a dent in the universe(活着就是为了改变世界),留下就像猫爪挠了一下的那么一点印迹。绝大多数人身后,哪怕富如李嘉诚,也不会留下多少印迹。经过千百年能留下一点印迹的,只有那些改变人类历史进程的人。

既然我们如此平庸,读了书也无法"make a dent",为什么还要读书呢?除了前面说的关键时刻说不定能救你一命,最起码,我们应该知道我们生活在怎样一个世界里,我们自己活得怎样。如果连这个世界是怎样的,过去世界各地发生过什么、现在正在发生什么都不知道,稀里糊涂地吃喝拉撒了大半个世纪离开人世,就会天天活在恐惧和忧虑中:为什么物价飞涨而工资不涨、为什么股市涨了还会大跌。最近我读了一本挺长的美国史方面的书:*The American Pageant*:*The History of the Republic*,当你了解到一百二三十年前,美国的"野蛮人"石油大亨洛克菲勒、钢铁大王卡内基、银行大王 J. P. 摩根对于竞争对手是如何运用武力,要么统治他,要么毁灭他的;在美国崛起的那个年代,资本和利润已经成为精英阶层的铁臂,食品污染、环境污染、资源过度开发和浪费、贪污贿赂腐败成风,老罗斯福总统铁腕打虎;《独立宣言》宣扬人人生而平等,可是起草独立宣言的杰弗逊总统自己却一直拥有黑人奴隶,林肯总统打赢了彻底废黜黑奴制度的南北战争,而事实上却让南方黑人的战后生活更加没有保障,战胜的北方人甚至疑惑究竟谁打赢了这场战争……当我们了解到这些真实历史曾经发生在当今最发达、最强盛的国家,当我们知道我们国家正在发展中遇到的很多社会问题在美国崛起的过程中也同样遇到过,我们就不会再为自己当前的一些问题而苦恼,我们或者可以淡定地面对现实,或者可以积极乐观地解决问题,而不是天天活在恐惧和忧虑中。懂得这些知识,虽然仍不能"make a dent",最起码能让我们像梁启超说的那样,活得"不惑、不忧、不惧"。

只有当一个人处于不惑、不忧、不惧的状态时,才可能真正开发出自己的情操、情趣,让生活丰富多彩,不为当下的困苦所烦扰。所谓"腹有诗书气自华"说的就是这个意思。一个人读书,如果是为了高考、评职称或者博一个附庸风雅的名号,通常能把一些书读得烂熟,比如某个汉字一共有多少种写法;再比如《红楼梦》里第几回谁和谁发生了点什么关系、填了个什么词、打了个什么谜,都记得丝毫不差。但这种读书方式不会产生任何创造力,也就不会影响到周围任何人,更不会"make a dent"。顺便说一句,这样读书的学生长大后适合当工匠,但是当不了画家、音乐家。百家讲坛中刘心武和蒋勋都讲过《红楼梦》,刘心武从探秘的角度讲《红楼梦》的历史原型,不管他考证的究竟是不是300年前的真实原貌,起码让人耳目一新,让读者突然发现自己过去虽然读过《红楼梦》却好似根本没有读过,在人前再也不敢自诩读过《红楼梦》;蒋勋从青春的角度解读《红楼梦》,让人们从青春的视角去体会故事中一个个鲜活的生命。刘心武和蒋勋虽然没有改变人类的历史进程,但他们对文学和艺术的创作影响到了相当多的人,让人们学习如何入门文学和艺术,他们留下了一个不小的印迹。

在丽江待了有段日子了,有一天老婆问我,都去过哪?让我别整天闷在屋子里看书，出去走走，别等回来了连古城啥模样都不知道。于是打算去著名的木府看看，去之前做了些历史功课，免得看见一堆房子却不明就里。木府正门外有一道影壁，上面是徐霞客形容木府的八个字——"宫室之丽拟于王者"。这几个字足以让木府背上僭越犯上的罪名。木府第十三代土司是其中最有作为、功绩最卓著的一位，1639年邀请徐霞客来访丽江，目的非常明显：借徐霞客之笔让自己的丰功伟绩载入史册供后嗣仰拜。然而不幸的是1639年辽西锦州战事已经让明朝风雨飘摇，木府历代效忠掌握绝对军事实力的中央政府，此时的土司在犹豫是继续供奉嘉靖万历皇帝钦题的"忠义"匾额，还是准备俯首说不定哪天就会兵临城下的满清铁蹄？局势不明，我猜测他想了如下一招妙棋化解眼前的危机：在邀请徐霞客来丽江之前，36岁的土司宣布退位隐居山林，政权由儿子继承，当然也就继承了祖辈效忠"中央"的传统，至于中央是明还是清，那就顺其自然：如果还是明朝统治那就万事大吉，如果明朝不幸败了，儿子做个降臣不失为识时务，也不失十三代土司忠义明朝的名节；万一哪天明朝又打回来，十三代土司回归主位把儿子教训一顿，说他一时糊涂不懂事，就算息事宁人了。十三代土司是真英明，修《大藏经》赠送大昭寺供奉，与汉、藏世代低头修好，使丽江数百年从未遭遇战火蹂躏，还世代被中央嘉奖，真是懂得低头退让的佛教、道教真传人，他可以被叫做"低头佛"吗？东巴壁画中处处是佛教、道教以及本地宗教三

◎ 徐霞客：丽江木府记

◎ 明神宗万历皇帝钦题"忠义"，难道万历已经预见到不久后需要木府对朱家王朝尽忠守节？

种神灵法事的完美镶嵌融和，浑然一体。东巴在藏语中的意思是"大师"，可见，同样信奉佛教，喇嘛们却自愧不如。我们不禁要问，在那样一个荒僻的世界边缘的角落里，木府土司的智慧从哪里来？不言而喻，答案是读书，读尽中原历史，不然，他很可能在徐霞客的笔下留下誓死效忠明朝的名节；或者识时务地归顺清朝，而在徐霞客的笔下留下儒家人所不齿的变节之名。然而木府土司没有选择这两者，他最大的贡献，是让整个丽江和纳西族人民在地球上生存到了几百年后的今天。所以，木府土司读的书让他在人类历史上扎扎实实地留下了一个色彩缤纷的印迹。读书，能让人变得有智慧，就像乔布斯说的那样"改变世界"。

最近的晚上，临睡前，常常读一两篇古人写的关于书法的文章，受到不少启发。比如读到王羲之《书论》里的一段话，自然想到金庸在《笑傲江湖》里写令狐冲跟风清扬学独孤九剑时的那种意境，与敌临阵从不首发制人而是凝神觅敌破绽，"凡书贵乎沉静，令意在笔前，字居心后，未作之始，结思成矣"，即便令狐冲内功尽失，一旦心念定乎一意，一出手必克敌制胜，真是异曲同工，"书剑同源"！王羲之和金庸艺术创作的灵感与智慧又是从哪里来的？答案也是一个：读书。他们都读出了"靡有常制"的真谛。王羲之

◎ 明世宗嘉靖皇帝钦题，挺拔俊逸的楷书

◎ 土司为了避讳犯上，把木府修建在丽江古城的西南角，不像皇宫那样建在都城的正中心

三、谈谈读书

是看了大量前人的书法作品，才推陈出新独成一家。看书法文献，魏晋时期的人都对前人的章草惊为天人一般顶礼膜拜，可是在我看来，并不觉得章草有多么气象万千。虽然那是历史必经的一个阶段，但是放在 2000 年的历史长河中衡量，王羲之的书法无可否认地到达了一个登峰造极的顶点，包括初唐、盛唐颜柳欧赵的楷书以及宋朝的行书，再无法创作出超越王羲之的新意。

读书的另一半是实践，所谓知行合一就是这个道理。当我读到王羲之开导儿子王献之对书法的悟性时所写的《十二章笔势论》时，就发现了金庸和王羲之的不同：一个有实践作为根基，一个却没有。假如金庸真的会一些武功、剑法，而不是空想，那么他笔下的独孤九剑、降龙十八掌、七十二路空明拳，就不会只有几个名字而没有具体的招式内容了。而王羲之的《十二章笔势论》大到取势自然万象、小到走笔一点一划，章章具体，就像西方人做学术研究一样，有一个衡量标准，可复制。如果再读读初唐欧阳询的《八诀三十六法》，就会发现，无需字帖，你已经知道如何使笔行墨，如何组织间架结构、章法布局，无需临帖，自己便可练到家。然而，我们都很神往金庸独孤九剑的那种意境，却无法复制，大概是金庸缺乏武功无法实践剑法的缘故吧。但无论如何，我们都能通过阅读王羲之、金庸得到享受，如果你有心，把这些不同门类的名人佳作联系在一起触类旁通，那就是读书的方法，也是创造力之源。如果只是牢记四书五经、《红楼梦》的犄角旮旯，而不能触类旁通，那就是孔子说的"学而不思则罔"，最后一个字在这里可以改成"枉"，白读了。

说到孔子，想起某日读江式的《论书表》，书里提到孔子修六经一事，在"究竟谁先统一了中国文字"这个问题上受了点启发。讲中国书法、文字演变的书很多，都说秦始皇统一了汉文字，我却觉得不然。孔子之伟大，我并不觉得是在于儒家思想有多神圣，从 2000 年后世界经济、思想的竞争态势来看，缺点也不少，但孔子对汉字的贡献实在太大，有过于秦始皇。秦始皇之前，孔子已经在无形中做过一次"空前"的大规模汉字统一工作，也就是孔子修六经这件事。孔子不可能在他编修的六经的每一句话中都用七八种不同的字形、字体写七八遍，他必然只用了自己的一种书写方式给众多诸侯国的诗歌、礼仪、文献的大量不同文字做了一次大规模的梳理/注音/释义，《诗三百》《周礼》在孔子之前必定不是那么整齐划一的，翻开《尚书》你就会知道自己的汉字量有多贫乏，为什么《尚书》和《诗经》删刈颇多，怕是因为孔子和众门徒也无法整理完备。如果是另外一个什么子做了这项工作，那么我们的"万世先师"这个称号就属于那个子而不是孔子，我们的主流文化也就不是儒家文化了。秦始皇统一文字实际上是第二次大规模的统一，是一次"绝后"的统一，然后就把商周的所有古文字焚毁了，以至于如果不是后来鲁共王砸破孔子旧居从墙壁里发现孔子修的六经典籍，后人都不知道秦小篆之前还有更古老的文字。只不过孔子不是帝王，不能像秦始皇一样命令李斯、赵高颁布一套书写规则昭告天下作为规范。然而孔子编修的六经，不论是语言文字还是文化思想甚至社会礼俗，都成为影响中国文化最深远、范围最广泛的一套范本，这套六经无形中也成为后人研习、书写每个字、每句话参照的范本，甚至孩童识字开蒙都是从儒家经典开始的，所以说孔子修六经对文字统一的贡献之大不可磨灭，而且是在秦始皇之前，只不过他是在无意中做了这件事。很多人在思考问题上有个陋习，一旦某个权威或专家把某种论调写进了教科书，比如"秦始皇统一文字"这句话，就成了标准答案不容置疑，人们也习惯于尊师重教从不置疑老师和书本给出的标准答案。权威的话应该是大家研习探讨的起点，而不是终点，这是西方人和中国人做学问的一大区别。秦始皇的确命李斯、赵高等人用政令实施过统一文字这项工作，但在他之前，孔子修六经对文字统一的贡献却被教科书里"秦始皇统一文字"这句话全都抹杀了。秦始皇之后不久，汉武帝罢黜百家，独尊儒术。两千多年来，我们祖祖辈辈学习的《论语》《诗经》《礼记》《春秋》等经典都是遵从孔子统一文字后的，所以孔子在文字统一上对后世的影响绝不在秦始皇之下。我只是对书法有一点点爱好，也许我的这个发现也有人注意到，但至少至今我没有见到过类似观点，也没有听谁提到过，如果顺着我的这个发现做些深入的研究考证，也可以去发表些许文字、写些论文，做个博士了。这样是不是也算一个小小的印迹？如果不算，起码是个人生活和修养中的色彩与乐趣。

　　读书需要思考、联想、触类旁通。举另一个例子，我想起上初中时，地理教科书讲怎样求太阳的高度角，高度角就是太阳光照射所求点连线和所求点地表切线之间的夹角，这样转化成平面几何题就成了极其易解的小题目，而教科书中居然给出了一堆复杂的公式，如果在北半球该怎么加减，如果在南半球该怎么减加，我当时就在怀疑那本教科书的作者究竟在用怎样一种智力水平编写那部分，目的是什么。为什么要这样把简单问题复杂化，让学生死记硬背几个没写明白道理的加减公式，除了让学生厌恶读书，再无其他效果。后来我上高三的时候，有一次校长让我给大家讲讲学习方法，我就用上面这个例子给全中学的老师、同学解释如何在不同学科之间触类旁通，看得出来包括老师在内也刚刚恍然大悟那部分的愚蠢之处。其实中学课本中数理化、文史哲那点知识是最容易触类旁通的，因为回过头来看那几本小册子，相对于一辈子要读的书实在单薄，但也不要小看那几本小册子，展开来也是包罗万象。记得中学的语文课本，都是国家教委的老师将几千年来的国学经典汇集成的一本本开蒙教材，涵盖极具文学色彩的《史记》、语言逻辑极其精炼的《资治通鉴》《左传》《战国策》等的经典段落。教科书只是起点，不是终点，如果中小学时不多读些有价值的课外书，人生的前20年浪费在只以高考为目的的那些教科书上，将是多么荒谬的一件事。人生可以有几个20年？！我希望我的这些读书方法能帮到他人，而不仅仅是学生，那些只会熟读熟背课本经典的读书方法已经为当今互联网拉平了的世界所淘汰，因为我们的生存竞争所面对的是全世界，而不再是两千年来关起国门的"科举制度"。只是两千年来的"科举制度"在百姓心目中的烙印太深，以至于亿万父母对子女读书的全部期望仍是"高考中举"。时代变了，世界变了，这一段又值高考之际，没有准备充分的考生不必着急，读书是一辈子的事，把握好20岁以后该怎样读书更为重要。

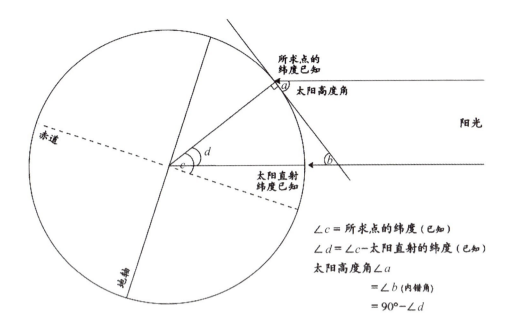

读书需要思考、联想、触类旁通。高水平的触类旁通是回归到自然、经济、社会、艺术这些大道上。张艺谋、陈凯歌之所以能拍出那么大气磅礴且又细腻动人的电影，正是因为他们读过的书、走过见识过的世界比我们常人多得太多，所以他们更容易触类旁通地联想到更美好、更令人震撼的事物。我们平常人无法以有限的时间和精力走遍世界，那就尽力多读书吧。

我在读美国史时读到引发美国南北战争的那本小说——《汤姆叔叔的小屋》，这不是给儿童睡前讲的童话故事，而是改变美国人伦、经济格局的真实历史。我读到里面黑人奴隶非人的生活特别是家庭的分离；读到美国资本主义工业起飞时妇女和童工的悲惨命运；读到黑人、妇女、儿童以及善良的人们为了争取应有的权益，经过百余年的抗争最终取得胜利……在经历过生死之后，我读到的不仅仅是历史，更是一个个鲜活的生命，是为每一个或幸运或不幸、或绚丽或朴素的生命而感动。虽然我们的生活和周遭的环境存在诸多不如意，但比起历史上的人，我们已经是很幸福的了。虽然我们有必要生活得更美好，但是我们可以不抱怨、可以淡定、可以继续努力。就像路遥在《平凡的世界》里说的，虽然看不到希望，仍然要心平气静地继续耕种。我想，正是路遥先生读历史、读世界、读生命，参透了一个人的力量难以改变什么，因此仍然乐观地让自己的生命在这个世界上好好地走完一程，这就是读书能够赋予我们的智慧和笃定。

也许有人会认为这些过于情感化，那就说一点有关工业、国家、经济的话题。当下的中国，令人振奋，令人热爱，虽然也存在不少社会问题。我最近读的这本讲述美国历史的书中有过和我们今天发生的很多类似的故事，只是时间比我们要早不少。我们今天的互联网创业者，就像洛克菲勒、卡内基、J. P. 摩根那一代的"野蛮人"，把旧贵族的财富抢走，百余年前的美国少壮新锐毫无愧色地自认"强盗"，用的是武力，当今中国新锐用的是文明的方式："创新"和"资本"，熊彼特称之为"颠覆式创新"，洛克菲勒的用词很直白"rule or ruin"（控制或者破坏），用洛克菲勒的另一句话祝我身边的各位创业者乘风破浪——just to the windward of the law——什么 law（法则）？法则就是"要么主宰他，要么毁灭他"，霸气！总结一下洛克菲勒、卡内基、J. P. 摩根当时的几个共识：（1）目标：垄断，要闪电式、全国性地彻底垄断；（2）理由：互相竞争，然后经过长时间的淘汰，实际上是对整个经济和企业的无谓浪费；（3）条件：时机成熟，个人主义一去不复返；（4）手段：强盗式兼并，比如，铁路运输敢运哪个竞争对手的石油，就把回款劫过来，看谁还敢运他家的货，看他是想被控制还是想被破坏。

这些都是历史的经验，可复制，并且这些创业者成功后的命运也可复制，甚至是不随你的意志而必然被复制，因为历史总是惊人的相似。想起了两部电影：《教父》《美国往事》。这些既是历史，又是智慧，是作为 CEO 和董事长应该具有的智慧。这些智慧的得来，可以通过伤痕累累的实践，举轻若重；也可以像木府土司那样运用历史的智慧，举重若轻——那就是读书。当你有了前后左右的参照，便可清晰地知道当下，又可明确地预知将来，难道还不能淡定处之吗？这就是不念过去，不畏将来。因为，胸有世界天地宽！

我自己又会是什么命运呢？无非是在这个世界上走一程。最近我在丽江附近走了走，把我看到的世界放到这里跟大家分享。

我完全不懂摄影，不懂曝光什么的，我练过点书法，觉得章法布局、浓墨淡写和取景构图、色彩明暗是一回事。通过读书，我学会了去发现这世界上每一处不经意的美。

读书吧，虽然这些知识终将随着我们的生命而去！

天涯若比邻

系统化思维（1）

2014 年 7 月 8 日

先引用@网站分析公会的一条微博：

用户：为什么不加这个功能，为什么不出迷你版，为什么不用 xxx 屏幕，为什么……乔布斯：去你的吧，爱买不买！用户：买就买！用户：我们要这个，我们要那个，我们还要……库克：给给给……全给你们！用户：库克，去你的吧，一点新意都没有，我们怀念乔布斯！

为什么乔布斯时代的苹果是王者？我从"创新"这个角度以外的另一个角度来分析这个问题：系统化思维（Systematical Thinking）。苹果的手机、平板的机身具有多少优势吗？显然不是，当苹果的机壳被亚洲厂商山寨得遍天下后，苹果的机身已经没落了。苹果创造神话之初除了乔帮主创造了 MP3＋Internet＋Phone 三合一的 iPhone、iPad 的产品作为利器之外，更为重要的是商业模式的创新，AppStore 才是苹果真正的价值所在。谷歌几乎同时打造了他们的 OS 和 AppStore，然后这世上再没有第三。难道微软造不出很牛的手机和平板吗？当然可以，但造出来也毫无意义，因为微软在 AppStore 这个商业模式平台上毫无创新，也毫无建树。

AppStore 这个东西，值得大家思考。为什么西方人善于研究并且创造出这样的东西？而亚洲公司无一例外地都忙于帮他们做机壳和里面一个个的 App 呢？原因就在于西方人从幼儿园和小学起就培养起来的、根深蒂固的"系统化思维"。

什么叫做系统化思维呢？我读博士时以及在英国电信研究院工作期间接触到这个，也的确被我的导师（一位皇家工程院院士）以及主管还有同事们苛刻地调教了若干年，最终才体会到。系统化思维，简单地说，就是做一件事，不是有办法对付这一个问题就算了事，而是要解决这一类型的问题，并且找出最优的解决方案。首先要分析问题的全集，不能说只要有个办法能对付就行了，如果你的对手的产品比你的产品能更好地满足客户需求呢？所以需要在设计产品或解决方案之初，就定义好问题的全集，然后再从全集中找出你的现有资源组合所能打造出的最佳产品。我大学时受的还是中国最好的教育，到了西方"老板"那，想当然地觉得有办法对付就行了，读博的第一

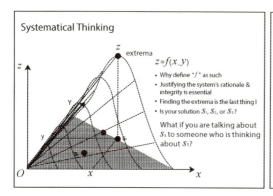

年几乎每周的报告都被修理得体无完肤，精神沮丧，幸亏内心强大，才没有精神抑郁。"老板"几乎在我的报告的每句话后面都打了个问号，在每一个我自以为无懈可击的"因为……所以……"之后，他会没完没了地再追问一个："但是为什么？"我几近崩溃，于是他问我："你知道我为什么没完没了地问你'但是为什么'吗？"他看出我没有明白他的意思，于是又问我："你的每一个'因为……所以……'是系统化考虑过的吗？"我这才似乎有点明白他的意思了。

再说到苹果的 AppStore，它就是打造了一个系统化的全集，让所有可能的 App 都到它的 AppStore 里竞技，只要属于同一类型，你的 App 提供的价值（用户体验）如果没有他的 App 提供的价值大，你就等死吧。所有 App 都归属在这个 AppStore 的全集里做达尔文提出的所谓优胜劣汰，每一个可能的资源组合都自然地让产生最大函数值（用户体验）的 App／产品／解决方案胜出。所以苹果和谷歌的 AppStore 不仅仅是利益分成的工具，更是系统化打造出来的优胜劣汰所有 App 的竞技场，不管谁的 App 胜出，也不管谁的手机壳卖得最好，苹果和谷歌始终都是最佳的，它们始终都是最佳用户体验的提供者和最大的受惠者。

这种系统化思维才是苹果和谷歌真正获利的法宝。库克在 AppStore 商业模式已经被谷歌复制的情况下，疲于推出新的机壳显然是吃力不讨好的事情。谷歌自己不做机壳真是明智之举。而亚洲厂商疲于拼机壳，谁都难以长久地立于不败之地，只要三个月没有出新的机壳，市场立刻就把你忘了。

开拓西方市场，你必须懂得西方人的思维评价标准，必须知道怎样陈述，他们才会认可你的方法。如果对方不认可你的市场方法、产品规划方法，尤其对方如果属于高端层次，他们会认为，你的这一款产品虽然很好但很可能是你碰巧做出的；如果他们不认为你的方法是系统化的，他们就不敢确信你的下一款产品仍然会超过别人。这样，你的这一款好产品往往就成了客户用来向你的竞争对手压价的砝码，你往往作为陪练从头到尾被涮了一把，即便你的对手的这一款产品不如你的，但你的客户可能在你之前已经认可了你的对手具备系统化的方法。高端客户买你的产品，需要的是与你建立长期的战略伙伴关系，而不是每一次都不厌其烦地随机比价、随机采购，高端市场需要的是长期的品质保证，这就要求供应商必须具有同样系统化的思维去做产品、做市场，以匹配他们的高端品质战略。

我讲的《怎样与西方 CEO 交流》中也有关于系统化思维这个话题的部分。这部分讲的是生活、做事、做产品等关联在一起时的思维观念的问题。任何一个大的跨国公司里都不乏英语说得好的，都不乏对自己的产品如数家珍的业务或技术大拿，都不乏站得高、看得远的高层战略家，把这三类人加到一块就能很好地和西方 CEO 沟通了吗？如果你的思维观念和对方不对等，仅此一个方面，你就首先输掉了和对方成功对话的可能性，你肯定常常会听错对方的问题，对方也常常会觉得你的回答很随机甚至很荒谬。可能你的产品做得很好，但你不知道如何与西方高层沟通才能让他相信你的产品做得很好，你也不知道对方为什么对你感兴趣，或者对方为什么明明和你高高兴兴地谈了一次之后就没有下文了。

做产品、做事其实都是相通的，掌握了这样的方法，做技术、做销售、做啥啥都行，否则，做啥啥不行。这也是为什么我敢于在一不是电信行业的、二没做过市场的情况下，来到已经很强大了的华为营销体系，并且在很短的时间内从什么是扇区、什么是分布式基站都不知道的门外汉做到营销体系的标杆。因为我知道西方市场的思维观念和评价标准，不管是在哪个行业，也不管是什么工种。

系统化思维，是一种方法、一种意识，在全球化的今天，想在西方市场牢牢站稳脚跟，你必须掌握！

系统化思维(2)——幸福最大化

2015年7月9日

两年前写过一篇题为《系统化思维》的文章,是我在企业和大学里讲《怎样与西方CEO交流》的一个核心模块。上个月复旦哲学大会开幕式上,我作了《向死而生 于斯为盛》的人生意义的主题演讲,讲到如何最大化幸福,这是一种哲学思辨的系统化思维的方法,只是许多人在忙忙碌碌中忘记了要不时地扩大自己的眼界、提升自己的格局,竟然浑不觉地放弃了很多本应属于自己的幸福,或者从来都不曾知道还有那样一种幸福的存在。所以,我在哲学大会上讲的不仅仅是生死,更是如何思维的哲学。以下我把大会演讲中的一个片段摘录成今天这篇文章。

任何人终归难免一死,此生之后,人与人、人与物,又有什么区别?人生终究有意义吗?

我们不妨先用世人最常用的一个数字来衡量一下人生，先不必纠缠这样的衡量方法是否合理。打个比方说，你的事业顺遂，目前有 1 亿元的资产。假如你家有 5 口人平分这 1 亿元，平均每人得到 2 000 万元；假如你家只有你们夫妻俩，则平均每人拥有 5 000 万元；假如你到 50 岁还是钻石王老五，则你一个人独得这 1 亿元，比起一般人来说，你很有钱。看下图，被除数（分子）都是一样的，不同的是除数（分母）。假如有一天，医生宣告你的生命只有 30 天了，那么，这个分母就变成了"0"。

$$\frac{100\,000\,000}{5} = 20\,000\,000$$
$$\frac{100\,000\,000}{2} = 50\,000\,000$$
$$\frac{100\,000\,000}{1} = 100\,000\,000$$

$$\frac{100\,000\,000}{5} = 20\,000\,000$$
$$\frac{100\,000\,000}{2} = 50\,000\,000$$
$$\frac{100\,000\,000}{1} = 100\,000\,000$$
$$\frac{100\,000\,000}{0} = 100\,000\,000\ldots000 = \infty$$

分母变成 0，就是说，你这个人没了。但是那 1 亿元还在，对于这个除数为 0 的情况来说，就是小学数学里说的，除数为 0 无意义！如果用高中数学来说，这个数学式子还是有意义的，那就是除出来的结果等于无穷大。这代表着，你的那 1 亿元回归了整个社会——人尽财散。在物理上，这个式子也是有意义的，它代表着，你的躯体的亿万个细胞分散开来化作无穷多个分子、原子散落在无穷大的整个宇宙中。在哲学上，这就是中国传统哲学所追求的最高境界——"天人合一"。

那么叫花子的情形又是怎样的？

叫花子和你的情形只有一个不同，就是他的被除数没有你那么多，他没有1亿元，可能他一辈子的全部资产仅仅只有路边捡来的1分钱。当他的生命终结时，0.01除以0的结果和1亿除以0的结果，在数学意义上完全一样：等于无穷大。在物理意义上也完全一样：1分钱回归了社会，他的整个身躯的所有细胞化作无穷多个分子、原子散落在无穷大的整个宇宙中，和富翁的不分彼此地融合在一起。在哲学上，这个叫花子可能是个一字不识的文盲，从来没有听说过老子哲学的"天人合一"，也不管他愿意不愿意，他终究会和那个至大无外的整个宇宙"天人合一"。多么崇高的终结啊，一字不识的叫花子竟然也能毫不费力地就达到了。所以人活着的时候不必追求那些崇高的"天人合一"，你终究会不以自己的意志为转移地达到那个哲学的终极高度，不管你是亿万巨贾还是不名一文的叫花子，也不管你情不情愿，你俩最终的高度是完全一样的。

再回顾一下上面的两个等式，分子都大于0——实实在在的一个正实数，在佛学上，这叫做"色"；分母都是0，就是生命到了尽头，什么都没有了，佛学上叫做"空"；不管我们人类究竟有没有轮回，我们都是等式右边的"无穷"化合而成的一个个不同的人，就是上面不同的分子，然后每个人的生命终结又归零到分母，再化作等式右边的"无穷"散落在整个宇宙中。佛说的"色即是空"，就是这个意思。

$$\frac{100\,000\,000}{5} = 20\,000\,000$$

$$\frac{100\,000\,000}{2} = 50\,000\,000 \quad \text{色}$$

$$\frac{100\,000\,000}{1} = 100\,000\,000 \quad \text{空}$$

$$\frac{100\,000\,000}{0} = 100\,000\,000\ldots000 = \infty$$

$$\frac{0.01}{0} = 100\,000\,000\ldots000 = \infty$$

我们任何人的起点和终点都完全一样，都是那个"天人合一"的无穷多个分子、原子，我们生前、死后又都会归结于这个无穷的宇宙幻象中。色即是空！有吗？没有。没有吗？有！我们确确实实来过这个世界，临了，又好像没来过，如同来过，这就是"如来"的含义，如来—佛，就是那么个如同来过又似不曾来过的色空不二的一体。既然殊途同归，那么人生终究还有意义吗？毕竟我们来过这个世界，人生终究是有意义的，意义就在于起点、终点之间的这个过程。既然人生终究会不以个人意志为转移地归结到同样的"天人合一"的高度，既然一字不识的叫花子最终也会"天人合一"，那么这个崇高的境界对任何人都不值一提。对于芸芸众生来说，用"天人合一"这种哲学思想来指导他们的人生未免不合时宜。我们不妨换一种哲学思考方式，借用西方哲学中的一些可取的方法，来衡量我们人生的意义。

> 我来过这个世界吗？
>
> 生命的起点和终点都毫无意义，它们都归结于这个宇宙幻象中——
>
> 色即是空——
>
> 有吗？没有。
> 没有？有！

西方人的哲学观在形成之初就和中国传统哲学有一个本质的区别，西方人没有"天人合一"这种玄而又玄的观念，他们讲究将"我"和"我以外的自然界及社会"分离开来观察宇宙万象。他们注重发掘"我"和自然界之间的关系、发展变化的过程，所以他们先于中国发展出自然科学，而我们往往喜欢从起点直达终点"天人合一"，忽略中间的种种过程，相应地，自然科学就落后于西方。对于人生来说，如果把"我"和"非我"分离开来，再看起点和终点之间的过程，那么问题相对比较明确，人生的意义就在于两个方面：对于"我"来说，对于普罗大众的每一个"我"来说，人生的意义在于，"我"要幸福，就这么简单；对于"非我"来说，人生的意义在于，每一个"我"能对"我以外"的这个社会、这个世界做些什么、影响些什么，就是乔布斯说的"改变世界"。文章篇幅有限，这篇文章只聚焦于第一个命题"我"，"非我"的部分留待以后再说。

关于"我"这一部分，我也不想把问题复杂化，对于普罗大众来说，只有一件事情最重要——幸福。这篇文章就只讨论这一个话题。说到幸福，我们可以回顾一下文章开头说的用钱衡量人生意义的那种方法，收入和成就感能带来幸福吗？能，也不能，或者说不可持续。收入和成就不能带来持续的幸福。你不会因为这个月发了几万元的奖金而一直高兴到下个月，也不会因为今年的升职而高兴到明年；当你拿到2 000元的人生第一笔月工资时，你会很幸福；当你有一天拿到100万元的时候，你很可能会很不幸福，因为你马上会意识到以你当下的能力足以拿到1 000万元，可是你却只拿到了100万元。那么，究竟怎样才能幸福？

```
人生终究有意义吗？

    我：幸福
非我：留下印迹
```

```
怎样才能幸福？

成就感？收入？…
是的，并且
            不！
```

幸福是一个哲学思辨的问题。幸福对于每一个个人来说，都没有绝对值，只有相对值：相对于你的格局和视野来说，如果你能够看到你所能动用的资源和能力的全局，那么你对于现在的处境是幸福还是不幸福、你对自己的评价就会客观和清晰一些，并且知道往哪个方向努力还能更幸福一些。相反，你看不到全局，在走迷宫，你就会恐惧，没有方向，肯定不幸福。比方说，如果你是运作企业的CEO，如果你思考一个产品或者一个项目的时候，能看到的只是下图最里面的一个圈,那么你肯定不幸福,因为你肯定搞不定这个企业;如果你能够兼顾到最外围的一个圈,你就是个称职的 CEO,你能运作得得心应手,就会很幸福。所以,幸福可以用另一个词来体现其量值,那就是"全局观"。如果你考虑事情总是丢掉几个重要因素,那么你做事、生活、为人处世一定不幸福;如果你能把每件事从时间维度的前因后果上、空间维度的内外制约因素上都运作得得心应手,说明你系统化地考虑清楚了这件事,那么你就会少留下些遗憾,即便在某些因素的制约下不得不放弃某些资源时,你也不会因为这点放弃而遗憾,在这个"全局观"上,你可能达到的最大潜在幸福已经达到了,在当下这个时候你最幸福。有了这样的全局观,你就不会再盲目地追求更大的却达不到的幸福——人贵在有自知之明。

再举一个极其简单的例子,给你 20 块钱买鸡蛋和面条做一顿午饭,这顿午饭能够带来的幸福感怎样才能最大化?下图中,你能买的鸡蛋、面条的所有可能的组合都在三角形内,三角形的斜边代表着预算,你不可能超出这个预算。如果你花 5 块钱买鸡蛋、5 块钱买面条(点 a),你的幸福指数至少还能提高到点 b 或者点 c。虚曲线代表幸福指数,经济学上叫做效用曲线或无差异曲线,即同一曲线上的不同的点的效用值相同(向上、向右的两个点,即点 b 和点 c 的幸福值相等),越靠外曲线的效用值越高,$h_4 > h_3 > h_2 > h_1$。如果你把全部的 20 块钱都用来买鸡蛋,你会胆固醇偏高;都用来买面条,你会营养不良,两种情况的幸福指数都不如 h_1 上的点 a。不难看出,幸福最大化的点是把 20 块钱的预算全用完的 h_3 曲线和预算线相切的点 d,这一点达到了经济学上的帕累托最优,即在不超出预算的情况下,你的幸福效用值无法再变得更大,再多买一点面条(鸡蛋)就必然意味着少买一点鸡蛋(面条)且结果是幸福的效用值还不如从前。可能达到幸福值更高的 h_4 上的点 e 吗?不能,因为超出了预算。这20块钱的经济账非常简洁地阐明了怎样达到幸福最大化。幸福的真谛在于:面对现实,找到全集;然后找到幸福最大化的那个点。看到全局是最重要的前提,即可动用的资源或能力的全集(预算线)。对于很多人来说,是不知道自己的全集在哪,所以迷茫、焦虑:自己到底幸福不幸福?能否

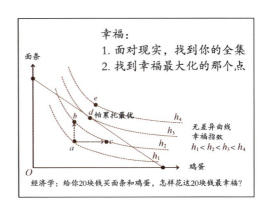

再改善一些?还是已经接近自己能力限度的最大幸福,不必再费力了?只有吃两碗饭的实力,吃一碗肯定不幸福,吃五碗会更不幸福,恰好吃两碗最幸福。吃饭这个例子简单,现实生活考虑起来却很复杂。

另外,要学会接受不完美、接受失去。如果某一刻,你的资源全集发生了重大变化,比如我,人生途中得了癌症并且因之失去了一条腿,这就意味

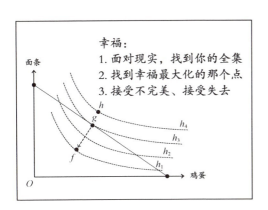

着我的全局的预算线向里移动了,这时我能达到的最大幸福值不可能再是从前的 h_3,而是较小的 h_1,很简单,比如我不能像从前一样跑和跳、参加很多体育活动了。我必须接受这一点,否则我只能因跟自己过不去而烦恼。接受这个现实,当下,看到我的全局就是这么大了,那么在 h_1 上获得点 f 的最大

幸福,依然是我活在当下的最大幸福。也许有一天,通过某些方面的努力,我在某些方面的能力上,能够达到某种质的飞跃,那时,我又能将全局(预算线)向外移动到更大的范围,甚至超越曾经的 h_3 达到 h_4。比如,独臂大侠杨过,用玄铁重剑练成了独孤九剑,他的人生高度、在江湖上振臂一呼的号召力都达到了双臂健全时所无法企及的高度。金庸阅尽人间江湖,他塑造的那些达到非凡高度的大侠,往往都是身体、智慧、情商某方面有着很大残缺的人,比如杨过、小龙女、郭靖、黄药师,因为金庸大侠知道,人生毕竟不是那么完美的。

那么,极致完美又是怎么一回事?人为什么会得癌症?企业为什么会出现这样那样的问题?每个人的性格里都有理性的一面和非理性的一面,我将这两面称为艺术家特质和疯子、神经病特质,人们的短暂行为、长远人生,都是由交织在一起的这两种因素支配的。常人的智商、情商都不太高,所以理性的一面难以、非理性的一面不敢达到太高的高度,因此大多数人的人生幸福值都局限在阴影三角形的区域内。比较成功的企业家、艺术家们的幸福值是超越常人的,在点 h 那里,但又往往有瓶颈,都难以达到点 i 的那个完美极值点。100%的艺术家(只有理性没有非理性)和100%的疯子、神经病的幸福感其实是差不多的,在同一条无差异曲线(h_3)上,这条效用曲线上

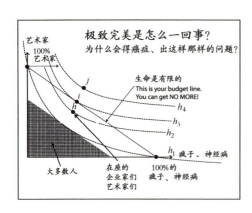

的幸福值和常人的幸福值差不多,艺术家仅在艺术方面多一点成就感,别的方面也未必舒顺,比如《霸王别姬》屏幕内外的程蝶衣和张国荣;疯子、神经病啥心不操每天都很怡然自得、无比轻松,所以我的图中画的是和常人中最好的那些人相当。也许100%的艺术家还不如有些常人

幸福，为什么？因为100%的艺术家在性格的某些方面，往往过于自律和严格，往往达到在常人看来苛刻残酷的境地，正是因为这样，他们才取得了常人无法企及的某方面的高度。但这样一个100%的艺术家或者企业家幸福吗？他们往往在某一方面过于聚焦，在别的方面就会舍弃巨多，幸福感反而远远不如天天晒太阳的农民。这样100%的艺术家（企业家）如果不够有自知之明，如果没有意识到他们在艺术特质（企业家特质）方面已经用到100%的极限，如果还要寻求更大的突破，那么就是要超越全局的预算线了，多迈出一步，就是深渊，就是疯子、神经病，就会得癌症，企业就会出大问题。梅超风、欧阳锋就是这种例子，他们误以为拿到的《九阴真经》是全集，而他们拿到的其实只是残集，他们却要突破这个假全集去达到那个根本达不到的真全集，所以他俩都走火入魔了。现实中这样的例子天天都在我们周边发生。

人生就是这样理性和非理性地交织在一起。人生该怎样支配才有意义？我想起一首歌，张国荣唱的——我就是我，是颜色不一样的烟火。烟火，就像他的人生一样，稍纵即逝，是短暂的；但颜色又是不一样的，对于张国荣来说，绽放得非常绚丽，那就是他的幸福。这句话看似简单，其实里面包含着很多数学、经济学、哲学上的含义。

如果把人生获得的幸福看作一个函数，$h = f(x, y, \cdots, z)$，h就是幸福指数happiness，$x, y, \cdots, z$是你在不同方面的资源和能力，f是你如何合理分配利用$x, y, \cdots, z$的方式方法。上面说的"人生短暂，稍纵即逝"指的是你所能动用的全部资源$(x, y, \cdots, z)^*$是很有限的，也许你还没来

---

* 注：本着严谨的态度说明一下，为了便于理解，我把以上无差异曲线画得比较平滑，都接近平行，并且h_3那条无差异曲线穿过（相交于）横轴和纵轴，事实上，代表100%的艺术家和100%的疯子、神经病的这条无差异曲线应该是无限接近两个轴，而非穿过。下一个三维立体图中，立体曲面代表的是XY平面上的点对应的幸福值z，对这个曲面作不同高度的水平横切面，得到的每一个等高线竖直映射到XY平面上，就得到了一条条无差异曲线，也就是以上两幅图中的各条无差异曲线，越靠外的无差异曲线的值越大（因为对应到下一幅图中的z值越大）。

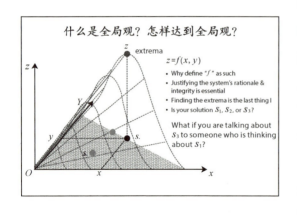

得及发现你又一潜在的资源 r 时，你的人生已经快到尽头。那么怎样在一个短暂又有限的人生中最大化幸福值 h，就是门艺术。很多人都只知道我想要最大化 h，却从没考虑过属于自己的 x，y，…，z 到底有哪些？最大化利用了没有？f 配置得是否合理？能否导出最大化的 h？

每个人的一生都是有限的，你花了 20 年的时间做了工程技术 x，这 20 年就不能从事文化艺术 y，也许你身上在 z 这方面的潜在造诣还远远高于 x 和 y 这两方面，也许你到 60 岁退休的时候才终于发现自己这一生应该把更多的时间和精力放在 z 这方面的事情上，那么你的幸福指数 $h_1=f(x,y)$ 一定大大小于 $h_2=f(z)$，但是你却又永远无法获得这个更大的幸福了，终而遗憾。这是个简单的比方。可见，幸福最大化，首先取决于怎样识别自己的全集，决定因素就在于人生的格局和视野在怎样一个高度上。

然而，对于绝大多数人来说，最难的问题在于，不知道自己的全集在哪，所以迷茫自己究竟幸福不幸福、是否还能更幸福一些。如果能知道自己的全集（预算线）在哪，朝着最外围的那个最优化的点努力即可。这里面又有一个技术上的难点：每个人的时间和精力都有限，每个人的格局和视野都限制在他大部分时间所从事的工作和生活实践上。每天下了班也没有更多的精力去从事第二职业。人生也无法重来，人们也不可能重新上几次大学再多学几个专业，人们在时间、空间上所能达到的范围都有很大的局限性。那么如何提升自己的人生格局、扩大自己的视野？既然我们分身无术，一个对于所有人都行之有效且门槛又最低的途径就是，利用业余时间，多读读书，在古今中外人类智慧的结晶中，尽可能多地体验你这一辈子永远也无法亲身实践到的别人的不同人生，看看这个世界上究竟有多少种活法，从而提升自己的格局、扩大自己的视野，尽可能地把自己潜在的有可能达到的全集尽早地全部挖掘出来，以便在有生之年最大化自己的幸福，而不留下遗憾。

读书不仅能最大化地提升全局观意义上的幸福感，在每一件单一的事情上，对于同一事物的不同的认识层次，也会带来不同层次的幸福感。比如，我看过好几遍《阿甘正传》这部电影，但我最近读了讲述美国历史的书 *The American Pageant: A History of the American People* 之后，对这部电影的理解又达到了一个前所未有的新高度。同样看这部电影，最近一次看比以前看的每一次，收获的喜悦和幸福感都多。比如说，电影开篇阿甘介绍自己的身世，说他的祖上是个3K党，然后影片中出现一个全身盔甲的蒙面骑士带领着一群人去做什么了，没看这本书之前，我一直不知道这句话意味着什么，看了这本书之后，我知道了3K党是歧视、暗杀黑人的白人地下组织，林肯领导的南北战争统一了南方并解放了南方的黑人奴隶，在法律上肯定了黑人平等的经济、法律、选举等权利，因而白人在心理上不平衡，便开始了各种歧视、暗杀、迫害黑人的运动。阿甘介绍自己出生在南方的阿拉巴马州，以前看这部电影我听到这个地名从来没有意识到阿拉巴马州是南方黑人争取解放的斗争的火山焦点。

阿甘参军入伍踏上军车，里面的白人不给他让座，最后只有一个黑人给他让了座，这些都体现出当时美国南方社会种族局势的紧张。后来阿甘和丹中尉一起捕鱼创业的艰辛过程中，有那么几次他俩一起出现在一个除了他们全是黑人的教堂中的特写，再后来他俩发了财，他还向一个全是黑人参加的教堂以及给他让座的死去的黑人战友的母亲捐赠了一大笔钱。不了解美国历史之前,从来没有在意为什么导演会安排那几个黑人教堂的特写,最近一次看这部电影,当那几个镜头飞快地掠过时,我也飞快地意识到,3K 党和黑人教堂都是符号象征,后者象征着马丁·路德·金领导黑人解放运动达到最鼎盛的那个时代。马丁·路德·金最大的贡献之一,就是成立了南方黑人的基督教教会组织(Southern Christian Leadership Conference,SCLC),从而使从前一盘散沙的黑人在各地都有了精神和组织上的团结运作的平台。电影的导演和编剧有意不提马丁·路德·金,以避免触碰黑人曾经被迫害的那根神经,而是通过傻子阿甘向黑人教堂进行捐赠这样的安排,巧妙地避开了美国长达几百年的关于黑人种族歧视的争议,淡化了美国 20 世纪 60 年代白热化的主要针对黑人的种族运动的负面情绪,以一个天生呆傻的、善良的白人向黑人的友善捐赠来表达种族之间本应平等、人人生而平等的美好夙愿,并且在某种程度上表达了对美国从建国之初就令欧洲以及全世界唾弃的黑人奴隶制度、长达 300 年的对黑人的歧视和迫害的深深的忏悔和致歉。3K 党在美国历史上有过三次集中的大规模运动,电影开篇的那个 3K 党的傻子后代阿甘替他的祖先对黑人做出了情感上、道义上、经济上的巨大补偿,这是多么巧妙的一个安排。当然这部电影也并不是要集中反映黑人解放运动这个主题,就像陈凯歌的《霸王别姬》,年代跨度很大,反映的主题很多,并不仅限于历史或政治或艺术的某一两个焦点,而是通过不同年代的社会现象体现并贯穿人性的真善美这一主题。比如电影中还以阿甘的女友珍妮,作为垮掉的一代的一个缩影,反映了反战、吸毒、纵欲、沉沦、无所追求、始终在路上的颓废文化,又巧妙地通过阿甘这样一个无欲无求的傻子的正义善良和执着,让精神上出离、肉体上出轨的珍妮最终得到回归,这也反映了拍摄这部影片时(20 世纪 90 年代初)的美国主流文化——追求自由、和平、正义、真善美。

我用几幅电影截图简单回顾一下这部电影:

◎ 3K 党

◎ 那个年代,阿拉巴马州是种族运动的火山爆发地

◎ 其实他们是颓废的一代、无目标的一代

◎ 而真正经历过生死的人永远不会迷茫,他们懂得珍惜生命、懂得活在当下,即便是个天生的傻子、即便是个子弹打没了双腿的终身残疾

◎ 马丁·路德·金领导下的黑人基督教堂。还记得他那篇著名的《我有一个梦想》的演说吗?只要你努力,梦想终会实现,哪怕付出几代人、几百年的代价,因为真正的幸福都不是随随便便就能得到的

三、谈谈读书

◎ 阿甘向那个为他让座的死去的黑人战友的妈妈捐了一大笔钱,黑人妈妈看到数字晕倒了,这算是阿甘替祖辈3K党迫害黑人的一种赎罪。那个敏感又紧张的年代,多数白人不会做这样"出格"的事情,真实历史是肯尼迪和约翰逊总统为了支持黑人的平等权益,甚至顶着白人的压力不惜动用军队去护送黑人学生到白人学校上学,电影里体现的都是祥和温馨的场面,又有多少人知道美国20世纪50—70年代在黑人种族问题上其实到处充满着暴风骤雨

◎ 垮掉的一代,他们纵欲、吸毒、沉沦、自杀

◎ 他们似乎始终在路上,你看,从伯克利到华盛顿,这是一条横贯美国东西的最长的路,整个国家有那么一群人甚至是一代人,以轻飘飘的虚无颓废追求着精神上空虚的愉悦

◎ 终究,人们还是能够觉悟,回归真善美   ◎ 你看懂这部电影了吗?

天涯若比邻

假如不读书、不懂美国历史，怎能读懂电影里想要表达的这些更多层面、更深层次的含义？没有人天生聪慧，反正我之前多次看这部电影都只是消磨时间、一笑而过，仅仅把这部电影肤浅地理解为"一个傻子的奇遇记"。相对于我读这本讲述美国历史的书之前，读过之后看这部电影所收获的愉悦和幸福感，有了质的飞跃。不论是这本书，还是这部电影，都很深沉、很厚重，每个生命都让人感动。

当然，读书要读有意义、能提升人生格局和扩大视野的书。读书也有读书的方法，总括来说，"读"未必是桌前灯下、"书"未必是白纸黑字，读书和实践要相辅相成，做到知行合一；读书要思考、要联想、要触类旁通。关于读书的方法和对人生的意义，请参考我的另一篇文章《读书吧，虽然这些知识终将随着我们的生命而去》。

系统化思维，探索你的全集，尽早实现幸福最大化！

从 0 到 1：创业/企业/项目负责人需要常常反思的几个问题

2015 年 12 月 1 日

本文是我在复旦哲学大会第 23 期（10 月 18 日）的演讲《哲学的一万种可能》的第一部分《创业的哲学：从 0 到 1：创业/企业/项目负责人需要常常反思的几个问题》。

从 0 到 1

先从一本书说起——PayPal 公司创始人彼得·蒂尔等所著的《从 0 到 1：开启商业与未来的秘密》。这本书讲的是创业者如何把一件事从无做到有、从 0 做到 1，以及做到完满的过程中需要考虑解决的各种问题。这本书的倒数第二章用了一个绿色生态产业的例子，解读了一个创业者首先需要问自己的 7 个问题：

（1）技术突破带来成本或竞争模式的革命性战略控制；
（2）产品相对市场成熟的时间点；
（3）是否能够垄断一块市场（风险投资对一笔小生意肯定没兴趣）；
（4）核心团队、人的问题；
（5）销售渠道是否能把产品迅速地交付给所有目标用户；
（6）生命力问题，短期的或者说 5 年都持续不了的生意不必考虑；
（7）作为创始人是否发现了这块市场中别人没有发现的秘密。

Seven Questions
that every business must answer

1. The Engineering Question
   Can you create breakthrough technology instead of incremental improbements?
2. The Timing Question
   Is now the right time to start your particular business?
3. The Monopoly Question
   Are you starting with a big share of a small market?
4. The People Question
   Do you have the right team?
5. The Distribution Question
   Do you have a way to not just create but deliver your product?
6. The Durability Question
   Will your market position be defensible 10 and 20 years into the future?
7. The Secret Question
   Have you identifide a unique opportunity that others don't see?

ZERO TO ONE
Peter Thiel

我不去逐一解释这些问题，我针对上述的（1）、（2）、（4）三点以曾经工作中的一个商业案例来阐述这些问题的重要性。我 2006 年从英国电信回国加入华为的时候，华为无线产品线研发出了一款拳头产品："分布式基站"，比起其他电信设备商主打的传统宏基站，建一张蜂窝网，可以减少 1/3

的铁塔或楼顶站点，这就意味着初期建网投入 CAPEX（Capital Expenditure）直接节省了 1/3 的成本，而且更为重要的后期持续的运营支出 OPEX（Operational Expenditure）也能大幅成比例地降低，因为站点少了直接意味着这些少了的站点就不会出问题也就不用维护修补了。这样的技术突破可以说是革命性的，但我当时和技术专家们打了个赌，我说这款很牛的产品近几年一个也卖不进欧美高端市场。技术专家们说："你虽然是个博士，但你一直是搞计算机软件的，连什么是基站都不知道，你懂什么？"我当时确实连基站是什么都不知道，因为我过去是做纯软件数学算法的，既没学过无线电物理，也不懂电信行业，又没做过和人打交道的营销，一夜之间彻底换了专业、行业、工种。但事实证明我的判断没错，直到欧洲市场 2010 年年初开始升级 4G，华为的产品才开始从瑞典、挪威逐步突破，并在整个欧洲全面开花，而且后来进去的原因已经不再是"分布式基站减少了 1/3 的站点"这项技术突破，而是因为踏准了市场时间点（人家打算升级换代了），其次才是技术突破。技术突破点也并不是几年前的"分布式基站减少了 1/3 的站点"，而是另一项技术突破——软件无线电（SDR）使得一台三合一的设备就能替代原来的"2G＋3G＋4G"三台设备。后来和技术大拿们聊起为什么 2006 年我敢断言分布式这种技术突破进不去欧美高端市场，我说原因很简单，技术是好技术，但时间点不对，欧洲市场不需要，因为没有到更新换代的时候，你让他们把原来的 3 万个站点砍掉 1 万个，换上你的 2 万个新基站，根本不可能！人家的设备好好的，换了你的万一老出故障怎么办？只有到了设备更新换代的时候才有市场机会，而且即便进去了，也绝不可能大规模地砍掉 1/3 的原有站点，要知道欧美发达市场谈下来一个铁塔或楼顶的基站站点要经过多少道民主调研和法律程序？一个站点从提议到最终能动工需要两三年的时间不算夸张！只有亚非拉无线网络空白的地方建设新网络才可能大规模地运用少布站点的建网模式。

上面这个例子印证了 2006 年以前设计分布式基站产品的时候没有考虑清楚《从 0 到 1：开启商业与未来的秘密》的 7 个问题中的第（1）、（2）、

(4)个问题：技术突破了，没错，这是第（1）个问题，但是第（2）个问题的市场时机还不成熟，另外，设计产品的技术专家团队里缺少对欧美高端市场的人文、法律、经济有常识的人，这是上述第（4）个问题——"人的问题"。可见，创业者或者企业的一个重大项目，有了革命性的技术突破之后往往想要大展一番宏图，但要把一件事从0到1做完整，需要考虑的问题和面对的困难远远不止上述这7种，身边创业的朋友中，能听到的曲折故事恐怕有一万种，这就是"做事"的一万种哲学可能。

那么什么是哲学？可能很难下一个所有人都一致满意的定义。我在这篇文章里提一个这样的视角来理解什么是哲学，哲学就是置身于更高的层面、在更大的时间和空间尺度上衡量原来的问题，这样原来的问题也许根本就不是问题了，我们也许又看到了更加本质的问题。不论是经济/管理/科学，还是艺术/历史/人生，只有放到更大的时间、空间尺度下，我们才能有更加客观的认识，既不左，也不右，更不是中庸，而是"回归理性"的哲学。

下面我用这种视角在经济、管理、科学、艺术、历史与人生这几个不同的领域来尝试探讨一下哲学的一万种可能。最近读了一本书——托马斯·皮凯蒂的《21世纪资本论》。这本书在研究经济现象的基本方法论时就用到了上述的哲学观点——上升到更大的时间、空间尺度上衡量原来的问题。作者提到他之所以从美国回到法国做研究，是因为他发现，美国从1776年的13个州、不到280万人口发展到今天的50个州、3.2亿人口，放到更大的尺度上说，今天的美国和1776年的美国根本就不是同一个国家，经济也不是同一个经济，而法国、英国等欧洲国家，经过几百年的发展，国界、人口、经济等都是一致的和延续的，所以他回到法国研究经济、研究资本。

研究资本的目的是研究财富在社会各个群体或阶层中的分配，以及导致的贫富分化及社会矛盾应如何解决。这本书在导言部分提到了四位历史上在资本主义经济上颇有建树的经济学家：

(1) 18 世纪末法国大革命前后，正值工业革命导致人口大幅增长的时期，这种社会剧变会怎样影响欧洲各国已经建立的政治平衡？马尔萨斯 1798 年出版的《人口论》认为，有限的土地粮食资源无法支撑（穷人）人口的大幅增长，可能导致英国也发生类似法国的社会动荡。

(2) 19 世纪初，大卫·李嘉图在《政治经济学及赋税原理》中认为，随着人口的增长，土地资源的稀缺会导致土地价格和租金的无限上涨，从而租金和土地会持续流向土地所有者，这一小部分人会逐渐占有绝大部分土地资源，而人口大幅增长的穷人占国民收入的比率则会越来越低，社会将不稳定。

(3) 19 世纪中期，随着工业的大发展，人们已经不再担心有限的土地和食物能否满足人口的增长、土地价格会否无限增长，这时期的问题焦点已经从农业转向工业：资本会主要流向谁的手里，工业社会底层工人的生存状况如何。1867 年，马克思在《资本论》第一卷中，基于 19 世纪 40—60 年代工人生存状况比半个世纪前更糟糕的观察，认为机器工业已经发展到了顶峰，未来的边际产出率趋于 0，也就是经济增长率为 0，这种情况下机器对人的替代会导致工人的工资停滞不涨，从而社会财富会无限积累到资本家手中。

(4) 20 世纪中期，美国的库兹涅茨第一次用计量分析方法（区别于前三者都基于定性分析方法），基于美国 1913—1948 年国民收入统计数据，按贫富将每 10% 的人口划分为一个组进行比较分析，在 1954 年 12 月于底特律召开的美国经济协会（American Economic Association）大会上作为大会主席发表了极具乐观精神的演讲，主要内容在 1955 年以论文 "Economic Growth and Income Inequality" 的形式发表，认为贫富分化会随工业的发展呈现"钟形曲线"形式：工业发展到初级阶段，贫富分化会不断加大；但是当工业发展到高级阶段时，不管采取什么样的经济政策，收入差距都会自动缩小，直至达到一个可接受的稳定水平。

然而，他们都是基于其所处的短暂历史阶段和较小范围的社会环境分别提出自己的经济理论，从哲学的角度，放到后来更大的时间尺度来看，他们的观点都有很大的问题甚至是错误（作者托马斯·皮凯蒂的观点）：

（1）马尔萨斯的主要论断基于一个英国农学家亚瑟·扬（Arthur Young）在法国旅行中的见闻，片面聚焦于农村人口的大幅增长和饥荒，却没有看到19世纪工业革命后人们对农用土地资源需求的大幅缩小，以及欧洲人口大幅向美洲新大陆移民以寻求更广阔的空间，致使对欧洲农用土地和主要城市空间的压力的大幅度减小。

（2）大卫·李嘉图没有看到19世纪后半叶以后工业大发展使得"资源和商品"的种类被开发得丰富多样，人们的生活资料、财富的形式扩展到了极其丰富的汽车、轮船、飞机、电影、旅游等人类社会前所未有的情形，土地资源特别是农用土地的价值在总体社会财富中的比例大幅缩水。既然资源和商品被开发出许多全新的品种或者可替代的商品或服务，那么，如果已有的一种商品的价格急剧上涨，必然会导致人们对其需求的大幅下降，则供给、需求决定的市场价格就不会急剧上升，实际情况是人们自然而然地寻找其他可替代的资源或商品。大卫·李嘉图、马尔萨斯、亚瑟·扬都没有看到后来的社会中人们已经从物资贫乏中解放了出来。如果重温一下福特 T-Model 生产线让汽车大批量走进美国千家万户使社会生活产生了剧变以后的那段历史，就知道我们该怎样重新认识马尔萨斯和大卫·李嘉图了。

（3）马克思预测的资本向大资本家无限聚集的现象在第一次世界大战前达到顶峰，如今又在重复这一趋势。如果经济增长率持续低迷，这种贫富分化加剧的趋势就会出现，但还没有达到第一次世界大战前的极端状况。但是，他并没有预测到更长远的经济发展，科学技术在不断刷新纪录，边际产出在不断增长（而非零），欧洲工人的工资在19世纪的后1/3段有了较大幅度的提升，20世纪新的工业产业以及服务、金融、信息等更多的产业不断被

◎ 2015年10月18日,复旦哲学大会《哲学的一万种可能》演讲现场

开发出来,也就是说,中低收入人群不断地流向新的产业,有新的蛋糕分给它们。另外,税收、教育、医疗、社保等福利20世纪时在各国得到普及,工业和技术的发展总体上是提高了人们的生活水准的,而不是停滞在19世纪中叶时的水平。

(4) 20世纪两次世界大战期间以及战后重建,美国贫富差距的缩小并非是库兹涅茨理论中工业发展到了高级阶段,而是他分析的年代(1913—1948)恰巧是战争和美国大萧条等"非常"历史时期,经济没有按照本来的秩序发展。两次世界大战把大资本家的很多资产、企业、生意都炸没了,同时,战争非常时期各国政府对大资产通常都采取强征手段以备战需,战争过程中以及战后重建,各国政府通过政府干预介入经济,大量低收入甚至无业游民加入到满负荷的生产中（如果了解美国历史的话就会知道，美国原本禁止黑人从事很多行业，第二次世界大战期间由于劳动力不足黑人也大量满负荷地参与到生产中），从而工人收入大幅提高，这样富人和穷人两个方向上大幅缩小了贫富差距，这些和库兹涅茨的工业发展/自然经济毫无关系：市场的供需、产品的价格往往都是政府"管制"的，而非"自由市场"（自由市场理论认为无需政府干预，经济自有其道，总会自动达到供需和价格的自然平衡）。20世纪70年代后，随着经济秩序逐渐稳定、政策刺激经济的效率逐渐乏力、经济增长逐渐走低、新产业（蛋糕）没有出现，社会财富开始重新流向大资本并不断聚集，贫富差距再度开始加大，而不是库兹涅茨认为的"稳定在可接受的水平"。

以上分析再次印证了前述的哲学逻辑：要上升到更高的层面、更长的历史时期和更大的空间尺度来衡量问题，否则，观察到的现象并不足以说明问题。以经济为例，经济周期都是以至少十年、几十年甚至世纪百年为单位的，在有限的时间、空间尺度里衡量财富分配，很难看到问题的本质。

再举一例，前些天看到一篇文章对凯恩斯的解读有误，原文大体有这样一段论述——凯恩斯理论对美国20世纪30年代的经济恢复没有起到作用，所以不久后就发生了第二次世界大战。这话不对，因为如果是那样的话，第二次世界大战的主战场应该在美国才对。事实上，发生第二次世界大战不是因为美国罗斯福新政采用凯恩斯主义不奏效，事实上是有效的，非凯恩斯学派的库兹涅茨对美国经济的数据统计也佐证了凯恩斯式财政支出对恢复经济增长的有效性。此外，第二次世界大战的起因并不是美国，而是欧洲。正是凯恩斯在第一次世界大战后巴黎和会上看到英法一定要把德国奥匈帝国的经济搞崩溃（赔款赔到破产）才产生了巴黎和会是在朝一个坏的方向改变世界的想法。凯恩斯在巴黎和会上只是经济顾问，没有决策权，巴黎和会一结束他就写了本书——《和平的经济后果》（*The Economic Consequences of the Peace*），预言"货币的破产就相当于邀请革命的到来"，随后的1923年，德国货币飞速膨胀变成废纸、魏玛共和国倒台，奥匈帝国同样货币体系崩溃、大量人口饿死，后来走向战争，印证了凯恩斯的预言。这才是第二次世界大战背后的经济原因。发端于欧洲的第二次世界大战怎么会因为"美国罗斯福新政不奏效"就打起来了呢？

当谈论一种经济学说有效与否或者是不是过时了，首先应该明白经济学的一条哲学原理和一条逻辑原则：

◎ 哲学原理：在更高的层面、放到更大的时间和空间尺度上衡量；

◎ 逻辑原则：研究经济学有其边界，即限定在"一定"的条件下讨论问题，也就是经济学常说的"其他条件不变的情况下……"。

讨论一些经济问题，比如第二次世界大战发生的经济背景，或者美国20世纪70年代的滞胀是不是因为凯恩斯理论失效了时，都应该把这些问题放到更大的时间、空间尺度上去衡量，搞清楚凯恩斯主义在经济周期的哪个阶段、什么条件下有效，不能一概而论凯恩斯的政府财政干预经济的思想过时了（事实上凯恩斯在整个经济思想史中的地位从未被动摇过），或者哈耶克的自由市场不过是理想主义（现实经济总是限定在一定的国际竞争和政治博弈中的），否则都会很片面。

那么，放到更大的历史尺度上，托马斯·皮凯蒂的《21世纪资本论》这本大厚书究竟说了些什么？财富和经济究竟有恒常吗？请关注我此次复旦哲学大会演讲《哲学的一万种可能》的第二部分《经济的哲学：〈21世纪资本论〉说了些什么？财富、经济究竟有恒常吗？》。

华为流程管理的精髓是什么？

2015年12月3日

孩子： 平时说话、写作，特别是对于科学技术、商业计划一定要学会用最精炼、最准确、逻辑最清晰严密的语句或文章提纲挈领地概括一件很宏大抽象的事物的本质、精髓和逻辑。这是一种绝大多数人都不具备的能力，如果你具备这种能力，你就将脱颖而出，获得许多意想不到的机会。爸爸试着概括了华为公司15万人用来做产品的IPD流程的精髓，不知道概括得好不好，这是给你的一个启发。爸爸在华为公司的时候，在这方面是个标杆高手，这种能力得益于我在英国读博士、工作时耳濡目染西方发达国家教育工作的规范，爸爸留给你很多英文原版书，科技、商业、产品等方面的都有，有空多读读，学学西方人从说话、写作中体现出来的那种严密和严谨，会大有裨益。

本文是我在复旦哲学大会第23期（10月18日）的演讲《哲学的一万种可能》的第三部分《管理的哲学：华为流程管理的精髓是什么？牛在哪

里?》。如果没有读过前两个部分,建议最好从头读起:《哲学的一万种可能》的第一部分《创业的哲学:从 0 到 1:创业/企业/项目负责人必须时常反思的几个问题》和《哲学的一万种可能》的第二部分《经济的哲学:〈21 世纪资本论〉说了些什么?财富、经济有恒常吗?》

华为流程管理的精髓

以前在英国电信研究院工作的时候,公司出资让我读伦敦大学的 MBA 课程,当时没有多少工作经验,坐在一群老头中间听不懂商业上的事情,以为管理就是管人,其实没有那么简单。下面讲一些做实体产品的公司的管理经验,特别是大公司或产品周期长的行业,我总结了以下几条作为公司"老大"或者一个完整项目"老大"最关心的几件事,这和前述《从 0 到 1:开启商业与未来的秘密》从创业角度所涉及的那 7 个问题的视角有所不同,但也有重叠和交错,放到其他的行业可能又会有所不同,但商业背后的本质都是一样的。

可以说我曾经工作过的华为,从现代企业管理的角度来说,是国内企业中最领先的,没有之一。国内许多企业都想学习华为从市场到研发的规范化管理,都听说过华为从 IBM 那里学过来的集成产品开发(Integrated Product Developement,IPD)流程管理,但如果没有掌握其精髓,照着里面的标准动作一步步做下来,肯定会忘掉自己原本要干什么了。

下面我就讲讲我是怎样理解 IPD 这套企业管理流程的,当然 IBM 和华为的 IPD 章程里只有一堆堆看不完的纷繁复杂的流程图和标准动作,并没有我说的以下四条。下面这四条不是从哪本书里抄来的,实际上也没地方抄,每个人怎么理解见仁见智,这就是为什么同样一套教材不同的学生考出不同的成绩。那些冗长的细枝末节的流程图是给执行每个具体动作的"螺丝钉"看的,必须是细节到不用动脑子的标准而机械的动作,这是西方人发现机器的效率远高于人的效率而发明创造的西方管理学的一条精髓；而作为将军和元帅，我的哲学依然是——如同我多次讲到的创业的哲学和经济的哲学——站在更高的层面、放到更大的时间和空间尺度里看问题：现在换了一个领域——"管理"；也换了一个问题——跳出 IPD 来看 IPD 如何做产品、卖出好价钱。

第一，盈利、不断产生现金流是公司存在的终极目的，IPD 也一样。再大的公司，也可以细分成不同的事业部、产品线，最终落实到项目上。IPD 的第一条精髓就是把产品项目当作投资来评估、管理，那么作为公司"老大"首先要决策的就是把有限的资本投放在从众多潜在的项目中挑选出的投资回报率最高的少数几个上。投资回报率＝边际利润率×资金周转率（$R=M \times V$），可以帮助我们做产品的投资决策。一个产品的边际利润率越高就越值得做，但如果投到这个产品上的资金周转率太低，就不划算，比如：A 产品一年交易一次，赚 100 元，B 产品一年交易三次，每次赚 60 元，则投资 A 产品不如投资 B 产品。

第二，闭环管理好客户需求。决策好了投资（即产品）方向，就认清了目标客户是谁，有限的资源和精力要从优配置到这些客户上而不是那些客户

Business Essentials

- **Profit is the only business of business**
  - ReturnRate=ProfitMargin X CapitalVelocity

- **Customer is king**
  - Product integrity, put yourself in the other's shoes

- **Holistic view of business**
  - Business integrity: external (ecosystem), internal (team synchronisation & inergration)

- **Long term strategy**
  - AccumulatedFortune=OriginalCapital X $(1+R)^{\text{Number of Years}}$
  - What are the secrets hidden in Y?

上,然后一切以客户需求为导向,不遗余力地在整个产品周期——需求管理、规划设计、开发测试、交付运营、后期维护——满足客户,产品要有完整性或者说要进行闭环管理。营销团队在前期多花一分力把产品规划得恰如其分,就能减少后期交付维护团队花十分力去补救甚至卖不出去的情况;或者前期设计得好、后期交付维护得不好,都会产生额外的成本。要在各个阶段避免额外开销,最大化每个投资项目(产品)的边际利润率、投资回报率。

用华为内部价值观的语言说就是"一切以客户价值为导向""奋斗者为本""胜则举杯相庆、败则拼死相救",说的其实都是这一条。为什么华为价值观语言里鲜有体现第一条(把产品当投资管理,$R = M \times V$)的呢?因为那是"老大"思索的问题,不是员工该考虑的。斯大林派几个军守卫斯大林格勒时不会提前告诉他们什么时候才会从远东调回军队反攻的。

第三,作为"老大",谈任何一个问题、看每一笔投资项目,都得站在更高的时间和空间尺度上,这就是全局观——内部看部门之间/项目之间/单项目不同阶段之间/财务等资源沟通、外部看竞争/合作/法规等资源协调——避免任何一个环节出问题,保障项目成功,实现投资回报。作为"老大",不可能事无巨细地亲自执行每一个环节,这就需要以上资源紧密配合、执行到底。IPD的第三条精髓就是让不同部门、不同角色的人在不同地点、不同时间阶段做同一件事,并且做到底。比如说,需求不是销售一个人的事,规划不是市场专员一个人的事,研发不是研发人员一个人的事,交付维护不是技术服务人员一个人的事,盈利不是财务人员一个人的事,品牌也不是品牌专员一个人的事,这些都是所有人共同的事。没有亲自执行过IPD的人不一定明白我在说什么。实际上,IPD会按照产品的生命周期划分成不同的阶段,那么一个完整的产品项目就划分成上述活动的几个重要的子项目,而每一个子项目的团队都是由所有其他子项目的人员共同参与组成的,比如规划团队里就会包括销售/市场/研发/交付维护/财务/品牌等不同角色的人,让"信息、知识、经验"的合集最大化,这样的合集的经验和技能会远胜于任何一个单一部门的专家,避免第二条中所说的规划阶段遗漏掉客户需求满足,以及财务盈利指标、测试交付维护、上市品牌宣传等任何一个环节的纰漏或重大缺陷,把产品做到极致。到产品的后期阶段——上市,品牌团队的成员组成和关键决策评审活动亦然,也不会只是品牌部门自己的事。这种不同部门、不同角色在不同时间、不同地点做同一件事的精髓,并非 IBM 和华为 IPD 所独有,通用电器/沃尔玛叫做 Social Operating Mechanism,丰田叫做 One-Piece Flow,戴尔和海尔叫做"人单合一",其实都是一回事。

第四,企业财富的积累除了第一条中说的投资回报率 R 这个变量,就是时间变量 Y,我在《哲学的一万种可能》的第二部分《经济的哲学:〈21世纪资本论〉说了些什么?财富、经济有恒常吗?》中解释"贫富分化的成因"时已经充分说明了回报率 R 作为基数、年数 Y 作为指数的显著性:Y 越大,财富积累翻番越多。这个 Y 就是前面《从 0 到 1:开启商业与未来的秘密》里彼得·蒂尔说的第(6)个问题,即持续期的问题,我的公式里用的是大白话:Number of Years,即年数。谁都知道年数越多财富翻番越多,但是怎样把 Y 做大就是成功者的秘密了,这就是《从 0 到 1:开启商业与未来的秘密》里的第(7)个问题:秘密。很多企业开始时做了一个产品卖得很火,有了钱后就做更多产品、涉足更多行业,然后在更多的产品之间选择投资回报率最高的几个($R=M \times V$),再然后是来什么单子做什么,自己预测什么时兴就做什么,结果各式各样的功能需求迫使一堆堆订单到期时关键技术却突破不了,要么延期交付甘愿被罚款(既降低 M 也降低 V),要么性能大打折扣、交付率大大降低,商业信誉被破坏,而后出现危机生意做不下去。《从 0 到 1:开启商业与未来的秘密》的第(6)个问题,即持续期的问题有两面,一是指创业者选择的商业模式或行业能存在多久,二是这里讨论的另一面:商业模式依然存在,你自己的企业能存在多久?你自己的 Y 能持续10 年、20 年还是 100 年?

下面我就说说把变量 Y 做久、做大的秘密。任何一笔生意都是长期的，对于有能力包揽整个市场的企业，技术储备就是时间变量最重要的一项长期投资，技术储备就是 Y 里面的核心秘密：技术储备就等于降低成本——核心竞争力无非是要么成本低，要么不一样——怎么解？要满足整个行业市场的多样化需求，就需要提供不同性能、不同价格组合的多样化的产品族，如果来一个需求就定制一款产品，会很累，成本也会特别高。如果将产品和基础技术相分离，打造一个中间件平台，各种客户需求和各种基础技术分置于平台的上下两侧，平台中是各种研究成熟的中间件模块，这样就能快速地组合出满足不同客户需要的多样化产品，快速响应市场。这样的平台将技术研究和产品开发分离开来，关键技术可以独立于产品，在市场未到来的阶段就提前投入研究，避免产品订单交付期限已过、关键技术还没有突破造成违约被罚款的局面，也降低了市场预测错误和做了卖不掉的产品的概率。这就是结构性降成本、最大限度地降成本，而不是选择劣质物料、克扣员工福利地降成本。很多企业从事技术研究和产品开发的是同一个团队，叫研发部。他们每每都会因技术攻不了关、产品迟迟不能交付而挠头，其实研究和开发是两回事。在同一个行业中，谁能持续打造中间件平台，将技术研究和产品开发相分离，技术储备得就越久、中间件平台就越健壮、命中市场千奇百怪需求的概率就越大、$M×V$ 就越大、投资回报率 R 就越大、产品存续的时间就越长，这就是技术储备转化成 Y 并使之最大化的具体实现，也就是 IPD 流程的第四条精髓。

我是从数学的角度来理解以上这些问题的，企业管理浓缩到最后，就是两个数学公式：

◎ $R = M × V$

◎ $F = C × (1+R)^Y$

这两个公式中其实只有三个变量：M、V、Y。能静下心来在一个行业沉淀几十年不动摇，不到各种投资乱象中瞎扑腾的企业不多。瞎扑腾的企业往往过于在乎产品的边际利润率和资产周转率，就是第一个公式 $M×V$，却忽略了第二个公式 $(1+R)^Y$。《21世纪资本论》中说得很透彻，长期指数效应才是财富的真谛。用第一个公式指导企业就只是做买卖、做生意，用第二个公式指导企业才是做企业，所以中国不乏生意人、少有企业家。华为只聚焦于电信产品、长年"力出一孔"于技术储备打造平台，这就是华为打败欧美对手，最大化 M、V、Y 的公开的秘密。华为的内部价值观"力出一孔"说的就是这第四条。

制约一个企业发展的要素，彼得·蒂尔在《从0到1：开启商业与未来的秘密》中总结了七条，换个角度说，其实都隐含在我总结的这两个数学公式的三个变量和四条流程管理的精髓里。两个数学公式是从投资的角度看企

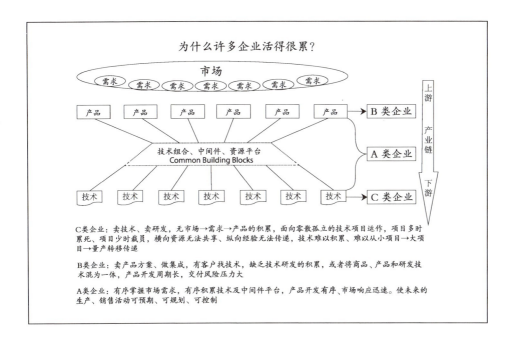

业管理，四条流程管理的精髓是从人的角度看企业管理，角度不同而已。管理的精髓和做人做事的道理一样，总结起来其实也没几条：聚焦、精益、客户导向、艰苦奋斗、"力出一孔"，把任何一条做到家都必能成事。

我在《读书吧，虽然这些知识终将随着我们的生命而去》一文中说过，读书要联想、要触类旁通，在那篇文章中我讲到了金庸《笑傲江湖》独孤九剑和王羲之《书论》"凡书贵乎沉静，令意在笔前，字居心后，未作之始，结思成矣"的相通之处和不同之处。这篇文章写到这里，再次说明了万物相通的道理，《从0到1：开启商业与未来的秘密》讲创业、《21世纪资本论》讲财富分配、IPD流程讲企业管理，本质都是 $F=C\times(1+R)^Y$ 这一个数学公式而已。从不同领域的现象中提炼出本质的逻辑和数学，这已不仅仅是讨论创业、经济、管理本身，更是在探讨哲学。传统的哲学多是讨论本体认知、人伦道德，因为工业革命以前的人类社会只能认知到这些层面。21世纪，每个大学的哲学系都应该成为最智慧、最壮大的系，把近两百年来的经济、管理、科技、创业问题都囊括进来，从所有这些领域人类的进步中提炼出一些本质性的内容，哲学无所不包，这就是哲学的一万种可能。

从天下三大行书看艺术的历史与人生哲学

2015 年 12 月 4 日

本文是我在复旦哲学大会第 23 期（10 月 18 日）的演讲《哲学的一万种可能》的第五部分《艺术的哲学：从天下三大行书看艺术的历史与人生哲学》。

艺术的历史与人生哲学

艺术本就是人们对自然、对生活的直观感受的哲学抽象。小时候我练过一段书法，工作后很少再拿起毛笔，手生了，但对书法艺术的理解却比年轻时多了许多。因为有了多年的生活阅历，对艺术哲学的理解不再停留在纯粹的美感上，更多的是沉浸在那些艺术背后的故事中。如果艺术脱离了活生生的"人"的故事，而只是停留在纯粹的美学上，如果欣赏者不能和这些艺背后的故事中的"人"产生心灵上的共鸣,这些艺术之美就不复存在,也毫无意义。所以,我们欣赏艺术也应该站在更高的层面,在更大的时间尺度、从更广泛的历史观上来衡量,艺术并不仅仅是感官美之本身,而更是让"人"成为"人"的"人文精神"。

这一页我列出了中国书法史上的"天下三大行书"。

位列第一的是王羲之的《兰亭序》,《兰亭序》之所以位列第一主要在于两个方面:一个原因是纯粹的美,它实在太美,那种悠然于世外的潇洒飘

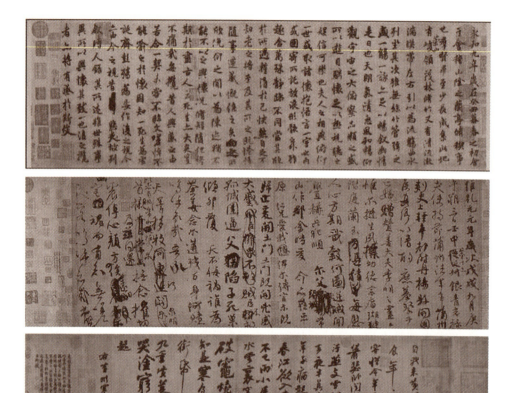

逸，像是一阵清风吹进一片竹林，沁人心脾；另一个原因，也是最重要的，王羲之作为魏晋书法的代表，是中国书法艺术篆、隶、行、楷、草五种书体发展过渡的桥梁，也是巅峰，篆、隶之后，他的书体同时包含了行、楷、草，以至于后世两千年的书法再无创新和超越。王羲之《兰亭序》的第一，既是纯粹美学之登峰造极之作，更是中国书法艺术发展史上的丰碑。

位列第二的是颜真卿的《祭侄文稿》，如果从纯粹美学的角度来说，这幅书法仅仅是个草稿，涂抹、修改之处颇多，整体的美感被大大破坏。如果仅仅从纯粹美学的角度来说，我们可以找到无数在美感上胜过这幅《祭侄文稿》的书法作品。但颜鲁公的这篇文稿之所以位列第二，不是以纯粹的美感取胜，而是这篇文稿背后那撼人心魄的有关"人"的故事。

唐明皇盛极之间遇到安史之乱，一时间江山倾覆，河北二十四个郡太守大多望风叛逃，唯有颜真卿早已看穿安禄山的谋逆之心，潜心积虑筑高墙、广积粮、招兵买马，以一介文官出身起义抗击安禄山叛军，并暗中遣人通报朝廷和同样在安禄山辖区的常山郡太守——他的堂兄颜杲卿。

天宝十五年，颜杲卿的长子颜季明被抓，逼迫颜杲卿投降，杲卿大骂安禄山，季明被杀。不久终因寡不敌众，被史思明攻陷，颜杲卿被押往洛阳见安禄山，宁死不屈，以身殉国，《旧唐书》载"比至气绝，大骂不息"。安史之乱后，颜真卿找到侄儿的尸骨安葬，为其年轻殉国悲痛不已，在满腔悲愤中，写下这篇《祭侄文稿》。颜鲁公当时的心境，并不是有意写一幅书法作品，而是无意间的真情流露——苏东坡说"书法无意乃佳"——鲁公对安史贼寇愤慨至极和对兄侄无限追思的两种矛盾心情交织在一起，一时间将满腔的悲痛倾泻于笔尖纸上，虽然尽是涂改错字，却丝毫不影响其艺术性。艺术本就是人们最真挚的情感到达顶点顷刻间从心底爆发出来的一种倾诉和表达。这幅草稿从纯粹美学的角度来说，算不上佳作，但它背后的故事中颜氏一族忠烈殉国的民族气节撼天动地！如果不是王羲之的《兰亭序》承载着中国书法从篆、隶向行、楷、草发展的里程碑作用，颜鲁公的《祭侄文稿》睥睨天下行书第一。

位列第三的是苏东坡的《黄州寒食帖》，此帖和颜真卿的《祭侄文稿》有类似之处，即在纯粹美学价值上并不是雅俗共赏的那种美，我不知道那些书法爱好者们是不是跟风，因为前人定了他天下第三（与他亦师亦友的黄庭坚因对他文采、为人的敬佩加之在《黄州寒食帖》后作跋以苏东坡比拟李太白、颜鲁公起到了非常大的作用），所以大家也附庸上一堆赞美之词，以表示自己如何懂得欣赏书法之美。如果从纯粹美学的角度，我同样认为有更多更纯粹、更美的行书作品在其之上，那么为什么这幅作品能位列天下第三？我始终有另外一种不同的视角，那就是艺术作品背后的历史故事，一幅书法作品如果称得上是艺术，那就一定不会是一张纸那么薄，而是艺术承载的历史的厚重感。

苏东坡因乌台诗案文字狱被贬黄州，第三年的寒食节在一片凄凉感叹中写下了这幅作品，而乌台诗案的背后是王安石变法（熙宁变法）的激进派熙宁党和以司马光为首（包括欧阳修、苏东坡在内）的保守派元祐党之间的政治斗争，苏东坡生平正直、忠君爱民是不必怀疑的，其诗"高处不胜寒"、疏浚西湖"苏堤"都是见证，他看到王安石变法脱离中间执行层、脱离基层民生、被中央和地方官吏执行到"地主家也没粮了"的民不聊生的地步（可以说王安石变法是导致繁荣的北宋走向羸弱的南宋的直接原因），所以常常评论时政，因而被政敌抓到了把柄。诗人气质的直爽豪放性情令苏东坡敢于挑战权威王安石，因而在政治斗争中被以莫须有的文字狱贬谪黄州，这幅《黄州寒食帖》是他人生境遇起伏无常的写照。其中的第二首诗《君门深九重》，就与他因和王安石政见不同自请谪官密州于五年前写下的《水调歌头》"高处不胜寒"异曲同工，表达了他胸怀民生疾苦，虽身处千里之外，仍心系朝廷的忠君报国情怀。

苏东坡的一生是文采性情、政治理性各参一半的一生，和《黄州寒食帖》写于同一年的另一首诗《定风波》——"竹杖芒鞋轻胜马，谁怕？一蓑烟雨任平生。"——正是他一生的写照。王安石变法失败了，王安石其人也未必像远离政治的林语堂在《苏东坡传》里将其作为反面人物描写得那么狭隘，当然也未必像同为改革派的梁启超在《王安石传》里写得那么理性伟岸。从评价王安石的角度，读这两本书都不如读一读王安石本人的变法政治纲领——《上仁宗皇帝言事书》。那本书客观而有条理地阐述了农业、经济、国防、教育、社会上中下三个阶层如何治理等问题。王安石的政治抱负和远见不亚于当今世人，但变法终究失败了，不过，却也并非他一个人的失败，而是整个朝代的失败。回看整个宋朝，没有经过大的统一战争，从开国立元就不是一个全国统一的政权，从黄袍加身到杯酒释兵权再到斧声烛影，从一开始就给宋朝的文人政治留下不好的影响，短短十几年的王安石变法就像《白鹿原》里白嘉轩说的——像炉灶上的大饼的两个面，这面烤得差不多了再翻过来烤那面，来回翻倒了不知多少遍。不管是苏东坡，还是他的前辈司马光、欧阳修，抑或是变法维新的王安石，都难有作为，那是宋朝整个民族命运的悲哀。

回到《黄州寒食帖》的书法上，我认为绝大多数书法赏析者对于《黄州寒食帖》的赞美之词不过是文人书生的附庸风雅，多有小儿学话之嫌，如果一个名不见经传的人写一幅如出一辙的《祭侄文稿》或《黄州寒食帖》，这些文人书生一定不会再给予"篆隶之法入笔兼而楷草、一泻千里时出遒劲"之类的流于肤浅的赞誉之词。从纯粹审美的角度，黄庭坚、米芾、赵孟頫有很多流芳百世的唯美行书作品，然而考虑到他们在为国为民上却远逊于颜鲁公、苏东坡，因而无法列入天下前三。苏东坡从十岁立下范滂登车揽辔澄清天下之志，到几近状元（只因主考官欧阳修误以为其策论是自己的弟子曾巩所作、为了避嫌给了个第二），再到政治抱负相左自请离京，哲宗幼年重被启用礼部郎中翰林学士辅政，又因不满翻身的保守派倾轧新政派而不容于左右再次离京，杭州知州任上疏浚西湖扶助农业，哲宗执政后再被新政党倾轧流放海南,晚年回京复任北归,途中病老常州。我对苏东坡诗词印象最深的不是"大江东去浪淘尽,千古风流人物",也不是"但愿人长久,千里共婵娟",而是他的"竹杖芒鞋轻胜马,一蓑烟雨任平生"和他的《江城子·密州出猎》:"老夫聊发少年狂,左牵黄,右擎苍,锦帽貂裘,千骑卷平冈。为报倾城随太守,亲射虎,看孙郎。酒酣胸胆尚开张,鬓微霜,又何妨?持节云中,何日遣冯唐?会挽雕弓如满月,西北望,射天狼。"

赏析苏东坡的书法,不能单凭一幅《黄州寒食帖》而论,要从苏文忠公一生历经仁宗、英宗、神宗、哲宗、徽宗五朝的历史跨度来看,要从他在新政变法中悲天悯人、几经沉浮的历史背景和人生起伏来看,单看《黄州寒食帖》一幅作品的唯美性,未免太单薄,与其说这幅作品是苏东坡一个人凄凉境遇的写照,不如说苏东坡是整个有良知、有壮志的知识分子群体在繁荣的

北宋走向衰败的南宋这一历史时期满腔热忱、忧国忧民却又报国无门的悲凉境遇的集中代表。

天下三大行书，有纯粹的艺术之美，也有见证艺术发展的历史丰碑，有撼天动地的民族气节，也有国家命运的历史使命，这才是艺术哲学之美！

看颜鲁公、苏文忠，就知道，有什么样的人生成就，就有什么样的书法艺术。这一页我列举了三个不同性格的典型人物代表，以及他们的书法作品。不用多加审慎，随意一瞥就知道哪一幅是谁写的。颜鲁公刚直敦厚的性格在《勤礼碑》的楷书中尽显无疑。满朝文武不敢和安史余孽李希烈谈判，颜真卿75岁被陷害委以钦差招讨，明知去了就是一死，却毫不推让，只身一人赴贼劝降，面对李希烈人多势众以活埋威逼，颜真卿却坐斥降奴视若蚁虱："吾年且八十，乃大唐之朝臣，岂受若等诱胁邪！吾守吾节，死而后已！"楷书之"楷"意即"楷模"，不论颜鲁公的人品还是他毫无争议的天下第一楷书，都光耀中华历史，无愧于世人楷模，他刚正不阿的楷书笔触正是他光辉伟岸的人生的写照。

看那幅《快雪时晴帖》，潇洒飘逸，不用揣摩，正是"采菊东篱下，悠然见南山"的魏晋风范。除了陶渊明，王羲之、王献之也是其中的典型代表。二王的书法追求的就是脱离世俗的纯粹唯美，《世说新语》载，太傅谢安于太极殿落成之时差人给王献之送去匾额让他题字，他却以书法乃是为艺术而生，岂能用于阿谀王权世俗尊贵为由，差人把匾扔到门外。二王的性格和书法一脉相承，《快雪时晴帖》也是魏晋文人飘然世外享受完美自然的代表，那是王羲之因看到一阵快雪而心情大好，急忙兴冲冲地赶去找朋友一起赏雪，恰巧朋友不在，很快天又转晴，大为遗憾，于是留下一张便笺。没能和朋友一起看到快雪美景真是遗憾，人生若真能隐匿在会稽山林，人生若只如快雪时晴，只是欣赏大自然之美而无世俗烦扰，那么不论是"快雪"还是"时晴"，都是唯美人生！

再看那幅说不上是什么字体的对联，不由得让人想起一对矛盾的哲学体——"有"和"无"。这种字体究竟有体还是无体？这种字体正是色空不二的最完美体现。有体吗？好像有那么一些规律可循，但究竟是什么体呢？又什么体都不是。可它确是自成一体——另一种飘然世外的出世书体——其实它根本就无体，是一种"我"和你们所有一切的存在都毫无关系的体，那就是"空"。这种不是体的体——"无体"，或者"空体"，就是弘一法师李叔同对佛学、宇宙、人生、书法的统一回答。这种"空体"不是谁都能学得来的，没有李叔同那样对古今中外文化艺术的融会贯通、没有对民族命运起伏兴衰的担当体会，根本无法写出那种色空不二的无体之书。

有时我会看到一些明显连笔都不会拿的人写的烂字，还装裱高悬起来，让人看了想吐。我问是谁写的，估计对方也不好意思说出写者姓甚名谁，于是就说"高僧"。你若再问，是已故的还是健在的？哪位高僧？回答肯定是，说了你也不知道。好吧，我就当他是姓"高"名"僧"吧！

有什么样的人生成就，就会有什么样的性格，就会有什么样的书法。这就是书"法"人生：书是书法、"法"是效法，书法体现的是人生。

所谓字如其人就是这个道理。有一万个人就会有一万种人生，这就是艺术哲学的一万种可能。

关于人生的成就和幸福，奥斯维辛集中营的幸存者、存在心理治疗学创始人维克多·弗兰克尔教授在他的《活出生命的意义》（*Man's Search for Meaning*）中如是说：

Don't aim at success—the more you aim at it and make it a target, the more you are going to miss it. For success, like happiness, cannot be pursued; it must ensue, and it only does so as the unintended side-effect of one's personal dedication to a cause greater than oneself or as the by-product of one's surrender to a person other than oneself. Happiness must happen, and the same holds for success: you have to let it happen by not caring about it. I want you to listen to what your conscience commands you to do and go on to carry it out to the best of your knowledge. Then you will live to see that in the long run—in the long run, I say!—success will follow you precisely because you had forgotten to think of it.

简单地说就是，不要瞄着成功和幸福，也不要在乎它，成功和幸福只是你良知行为的副产品，只要你长期这样做，成功和幸福就一定会发生！弗兰克尔称之为"Conscience Commands"，王阳明称之为"致良知"，老子称之为"功到自然成"。作者在奥斯维辛集中营里失去了所有的亲人，剩下的只有一条随时会被剥夺的、荒谬的、赤裸裸的生命。人们根本不知道自己究竟是怎样一种存在，唯有看看蓝天和温暖的夕阳才能感到一丝生命的慰藉。路遥在《平凡的世界》里说，即使看不到收获的希望，也要心平气静地继续耕种，这也是我这个癌症晚期病人当下的写照。

人生也是一种说不清、道不明的哲学修行。读书能明道，假如你在经济、管理、科学、历史、艺术5个门类里各读5本经典，你的道行绝不仅仅是$5+5+5+5+5=25$这么多，而是会像凯恩斯在《就业、利息和货币通论》中提到的乘数效应那样，将是$5\times5\times5\times5\times5=3\,125$！也许你的知识和道行无法用绝对的数字去衡量，但是如果真的放到更大的时空尺度上，其效果必定超乎你的想象！读书吧，虽然这些知识终将随着我们的生命而去！

我第一次和哲学"系统地"打交道是我在英国读博士时站在更高的层面、用更多的视角衡量整个学科领域，这一过程中我并不知道我所用的方法是"哲学"方法,当我自创的方法成体系、成全局、够"哲学"的时候,有一天我收到一张纸,上面写着"兹授予魏延政计算机科学哲学博士学位"(Doctor of Philosophy in Computer Science),我这才知道,我获得了一个哲学博士学位。

我们很难对哲学下一个大家都一致同意的定义,每个人基于自己的实践都有各自的见解。我对哲学是这样理解的:

Philosophy is the way, standing at a higher position and taking a holistic view of the entire environment, how we systematically manage our knowledge and manipulate our practices to better coincide with the universe and better live our lives. And the future world comprises ten thousand philosophic possibilities.

当霍金说"哲学已死"时,他在说什么?

2015 年 8 月 3 日

8月1日至2日的复旦哲学大会上,上海金融学院副院长徐学锋教授的精彩讲座《疯狂金融市场背后的人与行为》中,提到我的微信朋友圈里一条关于霍金说"哲学已死"的评述。非常感谢徐教授对我的观点的认可。第二天一早的哲学大会讲座中上,我简要阐述了当霍金说"哲学已死"时,他究竟在说什么。

三年前我因癌症扩散截肢后,不知道生命究竟还能持续多久,于是躺在家里把十几年前上大学时买的一套《资治通鉴》和《史记》读了一遍,看看古人究竟是怎么活的;之后又把霍金的几本英文原著读了一遍,看看地球以外的整个宇宙是怎么"活"(运行)的。霍金2012年出版的《大设计》一书开篇确实有"Philosophy is dead"(哲学已死)这句原话。但我们不能断章取义,他整本书有很长的上下文,我在这里解释一下。

前些天我还看了一本非常热销的书——谢利·卡根（Shelly Kagan）教授所著的《耶鲁大学公开课：死亡》。在里面读到一段话，我认为可以作为霍金所说的"哲学已死"的最好诠释。霍金说"哲学已死"大体指的是这样的情形，当哲学家们用传统的逻辑得不出谁对谁错结论的时候——比如"长庚星不需要启明星的存在而独立存在，那么这两颗星必然不是同一个星球的"——这些都比较形而上学，宇宙物理学家可以通过科技的手段直接在太空中观测到其实这两颗星就是同一颗星——金星；当传统的哲学家们还在讨论太阳系究竟有几颗行星的时候，科学家们可以直接发射"新视野号"到冥王星"附近"拍摄照片传送回来看个究竟；当哲学家们还在讨论微观物质结构应该是怎样的时，我十几年前读硕士时就亲手用扫描电子显微镜收集高场强下打在物体表面上反弹回来的电子束，还原接近纳米级的微观物质结构，清晰放大到电脑屏幕上看个究竟。好了，哲学家们除了像霍金说的"只能玩些语言文字上的游戏也就可以下课了"。霍金说"哲学已死"，实际上是在说，科学技术发展的速度在当下超过了传统哲学认识宇宙真理的速度，科技的迅猛发展让我们直面真理，但科学并没走到尽头，科学发现得越多，同时也会发现未知的领域越多，探索真理会随着科技的发展而出现更多未知领域的课题。同时，科技的迅猛发展为哲学探索宇宙提供了更多的视角和方法，也提供了更坚实的验证工具，所以哲学并没有死，而是在探索真理的路上任务更加艰巨，稍一停歇就会被搞科学的人布置更多的新作业从而喘不过气来了。

如果你在互联网上读到一条"霍金说哲学已死"的新闻或短文，就认为哲学死了、学习哲学没有意义了，那你就大错特错了。这也说明了一个道理，碎片化知识要不得。不去通读霍金的整本书，就不知道"哲学已死"是有上下文和限定条件的，在更大的范畴里，哲学并没有死，而是更难琢磨了。

读书不仅不能片面地断章取义，还要能站在作者的视角上、文化背景上，首先理解作者说的是什么，然后再用自己的经验视角和文化背景去审视、吸收。比如在谢利·卡根的《耶鲁大学公开课：死亡》中有这样一个非常好的例证，说明应该如何首先从作者的文化视角上去理解，而不是先批判拒绝，更不能读都读不懂就歪曲地理解作者的本意。

《耶鲁大学公开课：死亡》中有如下的一句话，柏拉图说"Likes are known by likes"。你怎样理解？中国人和西方人对这句话的理解多半不一样，因为中国的哲学多半不是哲学，更多的是伦理和生活经验，而西方哲学从一开始就是在讨论存在论/逻辑/数学/物理等科学，所以中国人、西方人对这句话的理解也多半会映射到不同的概念上。同样，霍金说"哲学已死"更多的是指科学家们探索宇宙真理的速度在当今超越了哲学家。而中国人看到"哲学已死"往往直接理解为哲学就是死掉了，因为中国的哲学很容易被理解为就是孔子、老子这些经验伦理的东西，进而认为孔子、老子的这些哲学在今天已经毫无价值、不用再学了，那就肯定错了。西方的哲学也没有死，只是西方的哲学家们在各自领域上的进展速度被科学家们暂时嘲笑了一把，中国的伦理经验式哲学更不会死，反而会源远流长呢。

那么，我从西方哲学家的视角上公布一下我理解那句话的答案吧——以下并不是书中的原话，只是我能够用被在英国读博士时的导师以及工作环境多年训练出来的西式思维来解读作者西式的文化逻辑——柏拉图那句话的意思如下：

Metaphysical things are known by metaphysical things; likewise, physical things are known by physical things. they cannot grasp things in different forms or entities.

如果我从中国人的第一直觉的视角来理解，"Likes are known by likes"这句话多半会变成"物以类聚，人以群分"，这就成了生活经验伦理的哲学，和作者原文讨论的形而上、形而下的西方哲学就成了鸡同鸭讲。换句话说，作者原本在讨论 metaphysical（形而上）与 physical（物理的形而下）之间的联系和区别，如果我们用中国人对哲学通常的理解——比如孔子、老子更多意义上的生活经验伦理和形而上、形而下无关——去理解"Likes are known by likes"，那就一定会理解错。所以，读书也是一个不同视角下思辨的过程。

所以，老外的书最好要读原版的，翻译成中文，你理解的"哲学"和西方人说的"哲学"往往不是同一件事。这也是我前一段用英语而不用汉语来解释"Likes are known by likes"的原因。

互联网经济中，商品的价格，既不是马克思说的产品价值，也不是微观经济学中供给、需求在市场均衡时决定的价格，而是资本战争、促销补贴价格战、现有可替代产品价格等多方面的因素决定的，且原来的同类产品或服务价格的影响甚至微乎其微。这一轮投资还没回本，另一轮跨界打劫就将前一轮投资的生意扼杀在摇篮中，那么前一轮的产品价格和营业收入已经毫无意义。比如当今北京、上海的出租车行驶 5 公里的价格究竟是普通出租车的价格，还是滴滴/快的的价格，抑或是专车/优步/拼车等补贴后的价格？同样的现象也出现在电商/餐饮等多种行业的创业价格混战中。经济学讨论的边界在哪里？产品服务的价格/价值在哪里？同样的问题也出现在企业价值的反映上，估值的误差很可能非常大。所谓市值，是人们对企业在未来赚取现金流能力的预估。投资经济学和经典经济学的本质区别在于，后者用当下有限、有边界的市场参与者来衡量当下产品服务的价格和价值，而前者用未来衡量当下的价值，边界在哪里无法提前预知。如果还没有达到预估的价值这个生意就被淘汰了，预估的未来的公司市值和当下实实在在的产品服务价格都会瞬间变得毫无意义。比如，同样是提供新闻服务的 Twitter 和《纽约时报》，2013 年前者的上市市值为 245 亿美元，比后者的市值高 12 倍；一个是未来的价值，虽然当下在营业收入上还是赤字，一个是当下真金白银的价值，《纽约时报》2012 年收入 1.33 亿美元。Twitter 上市一个月后市值超过

400 亿美元，2014 年 7 月底回落至 230 亿美元。既然一个公司的市值是未来 10 年、20 年产生现金流的总和，那么应该是一个差不多确定的数值，然而人们的预估却在短短几个月内波动如此之大，说明未来预估和当下反映之间的联系是多么不靠谱。一个产品/服务或一个公司的价值，已经不再是经典经济学的边界条件内能分析清楚的了，往往被无边界的互联网瞬间放大或缩小，人们对产品/服务的价格和一个公司/行业的价值的预估、预判往往误差极大。经典经济学在互联网时代还能博弈过投资学和心理学吗？传统管理学还能指导快速催生、快速扩张也没准快速收缩的企业吗？

这是一个未来和当下并存混杂的时代，当移动互联网把未来和当下拉平时，"90 后""00 后"还有"50 后""60 后""70 后"在互联网世界时空中都变成了同样年龄的 3 岁孩童，当今时代我们还无法看清楚未来，甚至难以看清楚当下。这是一个让人眩晕的时代，从这个角度，我们或许也可以说哲学已死。我们应当用发展的眼光重估一切价值，不仅哲学方死，它和经济学、管理学一样，都在方死、方生。

衡量同一件（类）事物，在不同的情况下，就要用不同的标准，举一个企业管理中的例子。前些天在一个众筹项目的招股会上，我从销售的角度帮一位律师向项目的众多合伙人解释了这样几个问题：股权众筹的意义，以及众筹的是什么？销售在不同类型的公司该如何做？先不说众筹，先说销售。一个公司的销售直接决定着企业的收入和生存。销售按照规模大小可以大体分为如下几类：（1）只有国家政府采购的大型项目，比如大飞机、高铁，生产厂商一般只有一个销售，就是 CEO，创始人本人才有权利和资格谈销售，其他副总裁、总监基本都没有资格做销售决策；（2）几千万、几亿、几十亿元的商业项目，比如华为的一套网络产品，一次销售的周期持续 5 年甚至更长时间，其销售就是由客户经理、售前技术支持、售后服务、供应链、品牌甚至研发等不同类型的人员组成的一个规模庞大的团队，这种大项目也养得起这样庞大的销售团队；（3）几十、几百、几千元的小项目，单产品的边际成本和边际利润都很薄，养不起第（2）类那么庞大的销售团队，这种销售往往依靠频繁的广告、优惠券、渠道代理等促销手段；（4）几万、几十万、几百万元的中大型项目，其销售需要的就是第（2）和第（3）类的综合，既需要人，又需要广告、渠道，但是又很难控制，销售人员多了，成本过高、难以盈利，销售人员太少，又难以达到足够的销量，这个矛盾是中大型项目最令人头疼的问题。针对这类问题，众筹应运而生，当一个中大型项目的单个公司难以运作的时候，通过股权众筹可以招募并运用多个合伙人（公司）的资源和渠道，低成本运作，每一个合伙人的资源渠道都可以成为整个众筹项目免费的销售，原公司的销售可能是规模不足、级别不高的一个不及格的团队，通过股权众筹，销售团队无形之中获得了几十、几百甚至是乘积倍数的扩展，而成本在理论上并没有增加多少。当销售成为中大型项目难题的时候，换一种不同的模式或视角衡量这个问题，不同的方法导致的效果截然不同。

哲学并不依赖于科技、经济的发展而存在，在时间和空间上，哲学本身也在发展，同样一种理论在不同的时间、空间中，表象也不同。比如，在托马斯·皮凯蒂的《21世纪资本论》中，开篇就有关于马克思对财富分配不均导致不同阶级发展变化矛盾冲突的评论。在19世纪40—60年代，就是马克思和恩格斯发表《共产党宣言》以及马克思出版《资本论》第一卷的那段时间，欧洲经济发展滞缓，导致资本向少数人集中，从而，如果出现财富向少数人无限集中的极端情形，阶级对立、社会暴动就容易发生。但是随着时间的推移，以及工业、技术、创新的发展，社会产值会不断增加，就会抵消掉资本财富向少数人无限集中的趋势，因为增加的价值和财富会重新分散到不同的人群当中，这一抵消趋势在后来（20世纪）的很多国家和地区得到验证，可见同一个

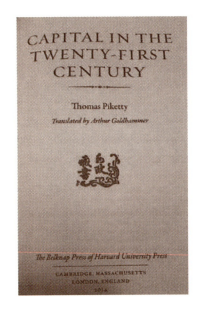

问题在不同的历史时期的表象就是不同的，也就需要用发展变化的眼光来看待问题。

同时，托马斯·皮凯蒂也肯定了马克思对社会经济稳定的认识不无道理，如果经济增长过慢，资本分布不均会加剧且导致社会不稳定，虽然不至于达到极端情形那么恐怖的地步，但也会相当麻烦，20世纪80、90年代的欧洲和日本就是例子。

这说明哲学的发展要放在不同的时空维度上反复审视和验证。尼采说"重估一切价值"，因为这个世界变化得太快，我们认识世界的方法和视角越来越多样化，今天的这个世界，科学技术的飞速发展不断推动着社会、经济、人文的快速变革，这一切都在不断挑战哲学审视周遭世界的能力。这个世界变化得太快，更是因为主导世界发展的人群变化得太快，所以我们必须重新观察、审视我们周围的人们，通过反思他们的思想和行为，来重新反思这个世界。

8月1日下午的复旦哲学大会开场，有一段复旦哲学班2014期学员韩雅维的女儿带来的5分钟的街舞表演，让我们认识到，对"年轻人"的理解已经远远跟不上这群孩子的穿着、举止和舞步。接下来是青年志的张安定先生

◎ 青年志的张安定

关于"90后"思想行为的演讲。上一次听他演讲是去年在晨兴资本CEO大会上,我总是时时刻刻被打动,为能够发现并捍卫"自我"的年轻人而感动。也许我们这一代人从来就没有真正发现自我,通过张安定对"90后"的自我的重新定义,我们可以重新定义什么是自我,这个词对于所有"70前"的人多半是个贬义词,但对于"90后"的自我,就像张国荣唱的那首歌所描述的——我就是我,是颜色不一样的烟火。张安定对"90后"的分析和洞察,使很多人对"90后"的认识可以用一个词来形容——"突然间的震撼"——仿佛你从来都不曾认识过"90后",就像听了刘心武从探秘的角度重新解读《红楼梦》一样,且不论他运用的考证史料是否100%确凿,起码你会感受到,仿佛你从来没有读过《红楼梦》,甚至再也不敢说自己读过《红楼梦》。张安定的演讲,全程充满着此起彼伏的掌声,每一页PPT都让大家拿起手机不住地跟拍,几百个学员争相提问、讨论,那种热情证明了他对"90后"进行哲学研究的价值。同时我也很荣耀地说一句,他是我邀请来的!

哲学:让你成为你的艺术!

这就是哲学的魅力,人类在发展,科技等工具、经济等表象在发展,社会和哲学也在发展。哲学没有死,哲学需要不断地重估一切价值!徐学锋教授说,人类终究能够战胜自己、克服自己的弱点,因为我们有诗和远方。复旦大学哲学学院副院长郑召利教授在第二天的"哲学导论"课之后,用他多年对哲学、对人生的体悟,深情地朗诵诗歌《慢慢地才知道》,就像李宗盛的《山丘》,每一个字、每一句话,都打动着我们心灵最柔软的地方。这是诗歌的魅力,也是人生从哲学的角度来审视、体悟的滋味。哲学可以穿透一切,让人成为人,让你成为你!

读书笔记几则

孩子：加入这几则读书笔记是为了提醒你多读读历史和名人传记，多在年轻的时候从书本上获取社会经验，以备自己的人生参考、少犯错误，这是爸爸在《人生如若几回忆》中说的"眼界和定力"的一条重要的获取途径。

读《资治通鉴》之娄师德"唾面自干"

娄师德弟拜代州刺史，将行，师德谓曰："吾备位宰相，汝复为州牧，荣宠过盛，人所疾也，将何以自免？"弟长跪曰："自今虽有人唾某面，某拭之而已，庶不为兄忧。"师德愀然曰："此所以为吾忧也！人唾汝面，怒汝也；汝拭之，乃逆其意，所以重其怒。夫唾，不拭自干，当笑而受之。"

……是时罗织①纷纭，师德久为将相，独能以功名终，人以是重之。

——《资治通鉴·唐纪则天后长寿二年》

在中国要想生存下来不是件易事，不论身为黎民苍生，还是位居庙堂之高，在人人自危的乱局中能够独善其身得以善终的，历朝中有两人是此中榜样：汉朝的胡广位列三司，有"万事不理问伯始，天下中庸有胡公"的美名；唐朝有"唾面自干"的娄师德，狄仁杰受其举荐不自知反常常打压他，这种"所进达之人皆不知所由"的美德又很像晋代名将羊祜。但似乎这些得以善终的宰相们也没有做出什么惊天地、泣鬼神的大事，中庸是一大特点，人缘好是一大手段，善于举荐贤达而远离奸佞。倒是那些力挽狂澜救国救民于危难的张居正、于谦，还有济世安邦的商鞅们，都不得善终。

读《资治通鉴》之李泌的说话艺术

上曰："惟卿则异彼三人者。朕言当，卿有喜色；不当，常有忧色。虽时有逆耳之言，如来纠及丧邦之类。朕细思之，皆卿先事而言，如此则理安，如彼则危乱，言虽深切而气色和顺，无杨炎之陵傲。朕问难往复，卿辞理不屈，又无好胜之志，直使朕中怀已尽屈服而不能不从，此朕所以私喜于得卿也。"

——《资治通鉴·唐纪德宗贞元三年》

说话要说到这样的分寸，那叫艺术。态度是关键——无好胜之志，才容易让人心服口服地接受。

---

① 织：酷吏相互勾结，共同诬陷忠臣、无辜。

读《资治通鉴》之檀道济再唱"空城计",宋文帝预演"风波亭"

◎ 空城计

檀道济等食尽,自历城引还;军士有亡降魏者,具告之。魏人追之,众悒惧,将溃。道济夜唱筹量沙,以所馀少米覆其上。及旦,魏军见之,谓道济资粮有馀,以降者为妄而斩之。时道济兵少,魏兵甚盛,骑士四合。道济命军士皆被甲,己白服乘舆,引兵徐出。魏人以为有伏兵,不敢逼,稍稍隐退,道济全军而返。

——《资治通鉴·宋纪文帝元嘉八年》

◎ 风波亭

檀道济,立功前朝,威名甚重,左右腹心并经百战,诸子又有才气,朝廷畏之。帝久疾不愈,刘湛说司徒义康:"宫车一日晏驾,道济不复可制"。会帝疾笃,义康言于帝,召道济入朝。下诏称:"道济潜散金货,招诱剽猾,因朕寝疾,规肆祸心"。收付廷尉,并其子给事黄门侍郎植等十一人诛之。道济见收,愤怒,目光如炬,脱帻投地曰:"乃坏汝万里长城!"魏人闻之喜曰:"道济死,吴子辈不足复惮。"元嘉北伐大败,北魏拓跋焘兵临长江。宋文帝登上石头城,望尽满眼胡马,慨叹:"檀道济若在,岂使胡马至此。"

——《资治通鉴·宋纪文帝元嘉十三年、二十七年》

"空城计"一段之精彩有如"死诸葛走生仲达"。然而,历史总是惊人地相似,汉朝有飞将军李广之谓"万里长城",南朝文帝又演了一遍"自毁长城"，北伐大败后才后悔感叹"……若在，岂使……"，好不似"但使龙城飞将在，不教胡马度阴山"。再看檀道济之死，只因"朝廷畏之"，何其似宋朝十二道金牌杀岳飞！李广、檀道济、岳飞的命运，令人慨叹，好一部中国历史！

读《资治通鉴》之"炫富诸蕃"

帝以诸蕃酋长毕集洛阳，丁丑，于端门街盛陈百戏。戏场周围五千步，执丝竹者万八千人，声闻数十里。自昏至旦，灯火光烛天地，终月而罢，所费巨万。自是岁以为常。诸蕃请入丰都市交易。帝许之。先命整饰店肆，檐宇如一，盛设帷帐，珍货充积，人物华盛，卖菜者亦藉以龙须席。胡客或过酒食店，悉令邀言就坐，醉饱而散，不取其直，绐之曰："中国丰饶，酒食例不取直"。胡客皆惊叹，其黠者颇觉之，见以缯帛缠树，曰："中国亦有贫者，衣不盖形，何如以此物与之，缠树何为？"市人惭不能答。

——《资治通鉴·隋纪炀帝大业六年》

这一则和下一则《穆斯林帝国的衰落》联系起来分析，世界历史上，所有大帝国的衰落都不外乎官僚腐败、财税疯狂剥削、民不聊生。

穆斯林帝国的衰落

Decline of Moslem Empires：As long as the rulers were strong and enlightened, the autocratic empires functioned smoothly and effectively, as Busbecq reported. But when central authority weakened, the courtiers, bureaucratic officials, and army officers all combined to fleece the productive classes of society, whether peasants or artisans or merchants. Their uncontrollable extortions stifled private enterprise and incentive. Any subject who showed signs of wealth was fair game for arbitrary confiscation. Consequently, merchants hid their wealth rather than openly invest it to expand their operations.

——*A Global History*: *From Prehistory to the 21st century*

四、谈谈生活

- 孤独是思维的开始
- 别让爱情等太久
- 夫妻成于患难，朋友始自无名
- 关于爱情
- 书"法"人生
- 礼崩乐坏
- 享受这时光
- 西藏行：人生无导航
- 在路上(2)——思考人生
- 除心不除事

孤独是思维的开始

2014 年 6 月 15 日

记得很小的时候，20 世纪 70 年代末中苏关系紧张，传说新疆边境要打仗，许多家庭的小孩都被送回内地老家，我却鬼使神差地跟随父母回到新疆。幼儿园关闭了很长一段时间，父母每天上班把三岁的我反锁在家中。父亲每天早上给我一个闹钟，告诉我短针走到哪一格、长针走到哪一格母亲就回来做午饭了。于是我每天抱着闹钟扒在窗台上望着窗外的马路百无聊赖，一分一秒地巴望着母亲从马路的那一头出现。一个人与自己相伴，偶尔学着认几个字、读两页书、思考一两个问题。于是，我从很小就学会了与孤独相处。

孤独是思维的开始——找回自我

前两天在微信朋友圈中看到一位朋友发的以"读书的意义"为题的一幅图，让我想起几句儒家经典，第一个人是"学而不思则罔"，第二个人是

"思而不学则殆"。而第三个人让我想起蒋勋的《孤独六讲》里最后两个话题"思维孤独"和"伦理孤独"——太富有哲学意味了。蒋勋的这本书实则是一本哲学书。在"思维孤独"这个话题中，他指出我们儒家文化的一个习惯性的思维模式——缺乏思维的过程和空间，直接得出思维的结果。想起以前在华为时的同事说的，中国哲学很有意思，一开始就直接到达结论，多一点讨论都是多余，一点想象的空间都没有，只要照着做和执行那些条条框框就行了。这是非常恐怖的一件事情，我们的文化和社会僵化，是因为我们因两千年来缺乏思考的土壤和空间而失去了思维的能力。非黑即白，不是 A 就是 B，百家争鸣并不一定意味着思想繁荣、民主开放，没准往往是非要达到排除异己、统一思想、唯我独尊才罢休。作者提出了这样值得深思的议题，但没有标准答案，他在提醒我们，每个人都应该时不时地运用自己的思维而不要随波逐流、失去自我。孤独是思维的开始，这很重要！

贾雷德·戴蒙德（Jared Diamond）所著的《枪炮、病菌与钢铁：人类社会的命运》一书的主题是，人类社会发展的首要目的是追逐食物的生产和分配，这一数万甚至数十万年的演变过程主要受到地理环境因素的影响，最终演变成了全球不同形态和发展进度的民族与群落。而现代社会的发展又主要受到经济的影响，在短短几年的时间里，就可以颠覆几十、几百乃至几千年形成的伦理框架。中国 20 世纪 80 年代初还是吃一顿饭可以端着自己的碗走家串巷逛上五六家、街坊邻居基本没有什么隐私的乡村社会，80 年代末随着各家各户搬进楼房，可以对门十年不知道彼此的姓氏，鸡犬相闻老死不相往来。我们又习惯了另一种经济运作模式来组织社会，特别是北上广深，不论行业工种、不论职位高低，天天把自己关在"笼子"里加班，平均每天工作 12 个小时都不是什么新鲜事，即便达到 16 个小时也没什么好大惊小怪的。当有人已经进入梦乡你却仍然依靠香烟和咖啡奋战在办公桌的电脑前，你是否想到过这样两个字——"孤独"？

2008 年年初还在钢筋混凝土围成的格子间上班的时候，有一次我从深圳来上海出差，那是一个星期一的早晨，陪完客户独自路过南京东路步行街，穿行在熙熙攘攘的人群里，看到打太极拳的、遛鸟的、跳广场舞的、玩杂耍的、卖小笼包子和豆浆油条的，突然发现这才是生活，这才是"人类"社会！巨大的孤独感让我和这个清晨的蓝天白云、人民广场格格不入，我赶紧给一个同事打了个电话，描述眼前这一每分每秒都在南京东路上呈现的平淡无奇的景象。电话那边的同事说，"真不想干了，活得没有意义，不知道活着是为了什么"。

那几年，我和相当多的同事都有一个共同的习惯，就是每天晚上临睡前总要完成任务似的看一阵手机新闻或者别的什么，明明很晚了、该睡了，但总觉得每天几乎全部的时间都被加班和睡觉支配着，完全没有属于自己的时间，这样机械地活着毫无意义。哪怕在黑暗中发呆半个小时也是属于"自己"的时间，也算有了片刻的自我和活着的意义，也不能就这样用毫无意义的睡觉再次结束生命中的又一天。人活到这个地步真的很悲哀。可这是我们个人自己的悲哀？还是新经济催生的新伦理下全社会的悲哀？一个公司、一栋大楼的所有行尸走肉肩并肩、手挽手相伴在一起，说着早安、您好，共同维护着死一般的孤寂。每个人都用笔挺的西装、领带和鲜亮的口红、裙子来粉饰内心巨大的孤独，享受铁桶一般的寂寞，却没有人敢于去打破，因为每个人都恐惧孤寂的后面是什么，惧怕打破之后发现的是更大的黑暗和空洞。就像郁达夫用小说《沉沦》中的男主角再现了现实中活生生的你和我，让我们在文字中亲眼看见自己死一般孤寂苍白的躯体，"茫茫的长夜，耿耿的秋星，都是伤心的种子"，这样的笔触让人伤到心里！

有没有人想过，我们到底处于一个什么样的经济秩序和伦理中？是我们认可了永无止境的加班睡觉或者日复一日地重现昨日的傻笑就是我们今日经济社会的新伦理？还是我们没有勇气独立地出走一次，离开这种大多数人都沉默保守着的僵死？如果我们还没有来得及想一下这个问题就已经终了此生，真的是悲哀，也真的是孤独；如果我们有幸独立思考一下这个问题，或许我们就能像《读书的意义》那幅图中站得最高的那个人一样，不仅能看到远处的光明，更重要的是能够找回自我。

孤独其实是饱满的

介绍一本书——蒋勋的《孤独六讲》。读这本书，不能抠字眼，作者作为美学家、艺术家，其文字不能用西方语言严谨的逻辑或公孙龙、惠施的吊诡去衡量。例如，作者原文说"儒家文化里没有孤独"，如果用严谨的逻辑，应该这样说，儒家文化不允许有孤独的存在、不给你机会孤独，而不是没有孤独。

但我喜欢作者的这一观点——孤独是饱满的。我们应该珍惜孤独、完成孤独，因为孤独其实是饱满的。只有孤独的时候，个体才得以有机会和天地大自然对话、和自己的心灵对话，让丰富的自我内在得以自知并自信，所以孤独其实是丰富而饱满的。

从很小的时候起,我就喜欢独处,享受孤独的存在,特别是夜里关掉所有的灯,让眼前所有的物象都消失,独与自己同在。这绝不是寂寞,寂寞的人怕孤独,因为寂寞实际上是空虚,而孤独却是饱满的。有朋友在我的微博上留言,"你一闲就贤",第一个"闲"就是孤独,第二个"贤"就是饱满。就像现在正在码字的我,情绪就是饱满的。作者提及"语言孤独",意指语言不可僵化、模式化,否则,语言就没有了要表达的灵魂,从而使交流的双方都在不停地说,却没有人在听。我们现在的社会常常就是这种情形,网络、电话随时随地可达,大家都在忙于表达,但没有人静下心来倾听,更没有人能理清要表达和所听到的思路。貌似交流繁荣,却都只是噪音,每个人在这聒噪中实则非常孤独,如果能从中抽身出来,反倒可以完成另一种饱满的孤独。

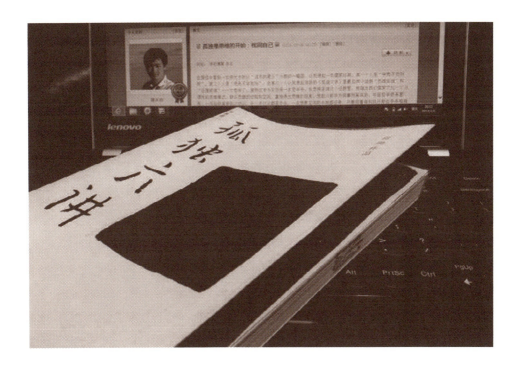

一本好书就是一个良师益友，总能给人以诸多启发。作者在阐述"语言孤独"这个话题时，给了我很大的启发。作者有一次和朋友一起回忆年轻时开周会要喊的口号，几个人都只能记起"忠勇为爱国之本"和"有恒为成功之本"这第一和最后一条，却怎么也凑不足完整的十二条。我们中国生于20世纪70年代的人，有谁能立即完整地背诵出我们儿时曾喊过的口号？诸如"五讲四美三热爱"是哪五讲、哪四美、哪三热爱？或者中学歌咏比赛要求大家都熟记的"三大纪律八项注意"。为什么现在记不起来了？原因是我们把这些背诵都模式化了，语言和思想分离，只剩下了声音。这种模式化的语言和思想并没有真正进入我们的大脑，那些歌词中的情形和我们生活的现实也并无太多的关系，所以声音只是机械而精准地从我们的口中一遍遍地播放出来而已，这就是我们的歌咏比赛，这就是我们的语言孤独。

我不知不觉地在大学和企业里也讲了一些课。我曾在一些课堂或演讲中发现，有些讲师三个小时滔滔不绝，下一次的三个小时，他可以如同录音机一般把前一次三个小时演讲的几千句话完全不变顺序并一字不落地重复一遍，每次三个小时的演讲都是一次完美的录音回放。这样的演讲就是完美的模式化，但失去了一样重要的东西，就是思想和内涵的传递。我敢确信，这样的演讲，重复多了以后，便失去了演讲的灵魂。意识到这一点，我很庆幸自己的讲课方式，或许是由于懒，我从不喜欢备课，即便讲同样的课程，也绝不讲完全一样的内容。即便上周末在厦门大学和紧跟着的两天后在深圳的深瑞电力讲同样的课，我讲的侧重点和内容也不一样，有所裁剪、有所增加。要让思想和内容生动，就必定不能模式化。正如书中的一句话所说的——问渠哪得清如许，为有源头活水来。

别让爱情等太久

2014 年 8 月 2 日

昨晚在网上看了电影《北京爱情故事》，不禁想起一个校友微信群中的单身男女们，也想起那个曾经光棍多年的自己，写了下面一段话，发到了那个群中，推荐他们赶紧约上那个有点感觉的人去看这部电影：

这样的电影接地气，很真实，离我们很近。光棍男、光棍女们，努力吧，用电影里最后一个故事的男主角的一句话说，"时间就像钱一样，真不禁花"，一辈子一眨眼的功夫就过完了，别让孤单陪伴自己太久。

去年 11 月初在北京参加一个 94 级电子系校友的葬礼。他是 38 周岁生日当天脑出血走的，1998 年毕业后我和他在同一家公司上班，中午时常从西三环溜到北大晃悠一圈。这样的情景还历历在目，一转眼，他却走了，而且走时还单身。他人缘非常非常好，但我印象中他好像一直不曾有过女朋友。

在微信上得知他没了的当时我就大哭了一场，为一条鲜活的生命的逝去。很久没哭过了。他是蜂鸟摄影人像版的创始人，他离开IT业去做了他喜欢的摄影工作，并且做得非常出色。他给许多年轻人开辟了一条路，去送他的人一半是跟随他的摄影爱好者，一半是模特，从医院里一直排到大马路上，五六百人都不止。他虽不孤独，但我印象中他似乎没有真正尝过爱情的滋味。我有一段时间没见过他了，前一次见他是博士毕业那年（2004年年底），一转眼就是十年。他走时的模样一丝一毫都没有改变。十年！人生一共可以有几个十年？朋友间相互关怀一下都那么难！我们的生命常常淹没在毫无意义的人海中，你真正需要被关怀和想要关怀的那个人才是最重要的。说了一堆，其实想说的就一句话——朋友们，别浪费时间，好好相爱吧！

把上面这段话发到微信群里，有人说，要找到那个人是何其难！是啊，我也曾在钢筋混凝土搭建的办公牢笼里单身过几年，也曾除了加班就是出差，要找到那个人是多么难啊。没有时间、圈子太小都成了借口。其实也不然，大多数人只知道自己不想要什么，却不知道自己究竟想要什么，确切地说是不知道爱情是什么。

和我交往多一点的都知道我曾经爱过两位美女：一个是赵薇，一个是李嘉欣。虽然她俩都嫁给了别人，但依然不妨碍我对她俩的爱。这算爱吗？我甚至连找她们要个电话号码的努力都没有付出过，所以这不算爱。倘若真有一个貌若李嘉欣俊如刘德华的人出现在你面前，你就会爱上她/他了吗？可能不出几分钟你就能挑出她/他某些方面的不如意进而否定掉，然后继续期待下一个完美的她/他的出现。这样等着等着，就变成了大龄剩女、剩男。

没结过婚的人往往对爱情充满各种不切实际的完美主义幻想，这种人都是剩男、剩女的好材料，其实我曾经也不例外。有这种倾向的人要赶紧走出误区，跳出来。爱，不能总是挑剔自己不想要什么。如果你能说出你最想要什么，那么找到这样一个人并不难，难的是这样一个人出现在你面前时，千万不要再附加别的条件而把问题复杂化了。比如，他开的车再大一点就好了，她的个子再高3厘米就好了。如果这样，作为"圣斗士"的你，精神可嘉。如果不去附加这些条件你已基本满意，爱情就不远了，之后的事情就是去付出、去做出来。当你一点一滴地去做的时候，就知道爱情是什么了。

结婚以后，爱情会变得越来越模糊。之前的爱情也可以叫做情爱；之后的爱情，很多人称之为"转化成了亲情"。不论是情爱之爱，还是亲情之爱，都是爱。如果你真的结了婚、过上几年，并且过得比较美满，你就会忘记"爱情"这两个字了，因为那就像人们所说的转化成亲情了。如果你到了45岁才结婚、50岁才认识到这一点，你一定会觉得25—45岁之间为了期待完美爱情而等待的这20年，是自己用"爱情"这两个字欺骗了自己、荒废了自己！人生最美好的20年蹉跎掉了，原以为自己期待的爱情一定不一样、一定更加完美，到头来却成了黄昏之恋！

人的一生，那种年轻人期许的狭义的"爱情"非常短暂，也就能"烧"上那么几个月，在学校里或许能"烧"个几年，但是一毕业基本就完蛋，"烧"退了人也正常了。人的一生，更多的是广义的"爱"：25岁以前是承接父母兄弟之爱，25岁以后是建立自己的伴侣和家庭之爱。

最近养病在家，做得最多的一件事就是带孩子。不知不觉，我最喜欢的事情逐渐变成了看着小人儿乐我也乐，看着他天真的小脸蛋上每一个真诚的小表情，我都陶醉，"你快乐所以我快乐"。有时候带着他在大街上闲逛，不知不觉地他在地铁里就睡着了，我就抱着他随便找个地方一坐一下午，他就在我的怀里熟睡一下午，时间就这样在无所事事中慢慢度过，但非常真实，

◎ 2014年5月6日，孩子在我怀里睡了一下午

这样的时光看得见、摸得着，这就是爱。爱就是给他做饭、换尿片、洗屁股，哄他睡觉，一会儿没有抱着他就觉得怀里少了些什么。这种感觉是什么，就是爱——为他做得越多就爱得越多。所以，爱，更多的是自己的付出。

不少"圣斗士"都是下定决心不遇到那个"最合适的"绝不轻易付出，或者把这个"最"字去掉，期许遇到个"合适的"，其实这还是完美主义。这个不够漂亮，那个缺点文采，好不容易碰到个品貌俱佳宛若林徽因的，她告诉你她的心里同时爱着三个人，你又受不了了！你又哪里能体会到，她的内心挣扎得比你还痛苦!!!所以根本就不存在最合适的。在遇到一个符合你最需要的那一两条的人时，别再附加别的条件，赶紧脱离光棍族群吧，给对方一个机会，也给自己一个机会。不要总想着把自己的条件弄得更好了就能找个更好的。"圣斗士"们，时间不那么禁花，不要一晃40岁了，还说自己是一枝花。

如果你到40岁还在自恋地称自己"单身一枝花"，当你还在幻想着梦中情人长什么样子的某个傍晚，也许你会在某个不经意的角落与昔日的恋人重逢，他/她已是两三个孩子的爸/妈（大的已经有你这般身高），虽然他/她的眼角已爬满皱纹，虽然他/她的那位或许不如你这般依然如花，但是，他/她的人生已经非常饱满。即便你自信如斯尚可去找芳龄二八，但你却永远无法挽回你最应该去相爱的那段青春年华。待你一天天老去，我敢打赌，你最在乎的一定不是你赚了多少钱、你能娶的老婆有多年轻或者你自己不惑之年依然如花，你最在乎的一定是你蹉跎掉的那段光阴——50岁才意识到自己荒废了最该相爱的20年，换来的却只是如此短暂的黄昏之恋，你一定羡慕别人从25岁就开始一起慢慢变老。当然，许多人确实因为工作圈子的缘故难以遇到合适的异性，但也许更多的是因为对爱情抱有过于完美的期待。

不同的人对爱情有不同的定义。对于认为自己付出很多、得到很少，甚至被抛弃、受到伤害的情痴来说，他们认为爱情是什么？也许他们认为没能抓得住的才是爱情。随着岁月的流逝，再过若干年，当他们老去时，他们一定不再那么在乎那个没能抓住的人了，但他们，回忆起那段时光时，应该还是会留下不少温存的。也许是我曾经面对过死亡的缘故，我能体会到七八十岁的老人、将要死去的人都在想些什么。人活一生，关于爱情，不在于得到与否，而在于是否曾经拥有。小年轻们有句顺口溜"不求天长地久，但求曾经拥有"，但我不认为他们真正懂得这句话，当你即将过完一生，或许你会知道这句话是什么意思。年轻人喜欢幻想什么是爱，但想象终究是模糊的；

老年人喜欢回忆什么是爱,而回忆是清晰的。爱就是那么一种暖暖的感觉,有时让你在空荡荡的阳光下有一点点甜蜜,有时让你在寂寥寥的微风中有一丝丝酸楚。

很喜欢1966年电影版的《几度夕阳红》,讲的是从抗战时期的重庆到20世纪60年代的台北的三个人之间的爱情故事。天设地造的才女李梦竹与何慕天一见倾心相许终生,最终却没有走到一起。李梦竹阴错阳差地嫁给了另一个同学杨明远,多年以后三人在台北重逢,最初的那对情人旧情重燃,何慕天为了成全已成眷属的两人,最终隐居到山上的一个庙里。结局的一个画面给我留下深刻印象,他们共同的好友从李梦竹那里给何慕天捎来他们几十年前的定情信物,何慕天说:"得到和失去之间又有多大的区别?"

我的父母一辈子都没有对彼此、对子女说出过"爱"这个字,但他们一生都在对彼此、对家庭不离不弃地实践着"爱"。父亲是转业军人,60年代初支援边疆建设来到新疆。来之前还是单身的他对并不熟悉的母亲说,愿意结婚随我去新疆吗?母亲给了一个肯定的回答。两人的全部家当仅有一床棉絮褥子,他们就带着这些家当在没有玻璃窗的闷斗火车里晃荡了一个星期,才来到冰天雪地零下四十多度的新疆。孩子生了一堆,土窝盖了几间。我上大学前除了一身运动服,从没穿过一件买来的衣服,但就在这几间土窝里,我懂得了什么是爱。母亲近几年开始有些老年痴呆,有一年春节回家直到我离开,母亲都不知道我是谁,我看得出她一直在努力地思索这个人到底是谁。大年初一她把本该给我外甥的压岁钱偷藏起来,过完年我临走出家门的时候,她把我拉到一边,神神秘秘地把偷藏起来的压岁钱塞到我口袋里说,"你上大学路远,留着花,别让你爸看见"。三十多年来的一点一滴顿时涌入我的脑海,强忍的泪水留到飞机上尽情挥洒。

有朝一日,当你回首生命是什么、爱是什么的时候,你会发现,爱和生命一样,是个过程、是种经历。爱是付出,当我想对母亲再付出些什么的时候，她已经不知道了；爱是经历，当我想再次重温和母亲在一起的温馨时光时，那样的情景再也回不来了。

爱不必等待，趁我们还年轻、趁一切还来得及。别让爱情等太久，因为时间真的不禁花，不要等到你已两鬓斑白，他/她还未曾出现；不要等到你想付出时，那个人却已经离开；不要等到你想经历时，你自己也将不在。

夫妻成于患难，朋友始自无名

2015 年 3 月 4 日

《尚书·泰哲下》提及五常，曰"父义、母慈、兄友、弟恭、子孝"。时至今日，人人都在为生计奔走，家庭文化比起古时已经淡化了许多。我们的社会关系已经演化成三类：君臣父子一类，夫妻一类，兄弟朋友一类。第一类，君臣父子，除了孝道依然值得信守，君臣关系已然退化成领导、下属之类的关系。虽然相当多的人混社会全凭拍马站队这一套，但是不管你是靠真材实料还是靠拍马站队，三五天后或许他已不是你的领导，三五月后兴许你又成了他的领导，特别是"知识＋资本＋互联网"的新经济、新规则已使这个社会日新月异，君臣、领导与下属的关系对人生的影响不提也罢。当今社会影响我们一生最多的是后两类：夫妻、朋友。或许再加一个：贵人。春节这些天翻出 1998 年春购于北京书市的一套《史记》，读到几则故事，虽短小却很感人，分享给大家。

第一个故事是关于"爱情"的:《史记》关于春秋五霸的第二霸晋文公有这样一段记载,晋文公还在以公子重耳的身份逃亡狄国的时候,他的弟弟已经在晋国做了国君并派人去狄国追杀他。重耳决计再度逃亡他国,这种逃亡可以说是九死一生,不便携带女眷,于是重耳对他在狄国娶的妻子说:"等我25年,如果还不回来,你就改嫁。"妻子笑着回答:"到25年后,估计我的坟上的柏树都长大了。但即便真的那样,我依然(在坟墓里)等你。"

作为男人,对于女人不该有太多要求,但有如此至死不渝的期待,足矣!什么是爱情?直教人生死相许!

第二个故事是关于"贵人"的:故事仍然围绕晋文公重耳,仍然发生在他险象环生、还未摆脱逃亡生涯的岁月里。当公子重耳逃亡到齐国之后,境遇改善了不少,春秋五霸的第一霸齐桓公将自己族内的一个女子嫁给他。他非常喜欢这个女子,两人在齐国生活了五年,竟无去意,似乎习惯了温柔之乡而丧失了斗志。事有不巧,齐桓公在重耳来到齐国的第二年便死去,齐国内乱导致国力下降,诸侯多次来犯。公子重耳的谋士赵衰等人在桑树下密谋如何劝诫公子离开齐国险境共图大业,恰巧重耳这个齐国妻子的侍女在跟前听见,于是回来告诉重耳妻。重耳妻立即杀了这个侍女,以免生事,并且劝告重耳即刻起程离去。重耳却说:"人生如斯,这般安乐,管他甚多!就死在这,不走了!"其妻说:"你是一国公子,走投无路来到这里,这么多义士以死为命跟随着你。你不赶紧回国报答这些义士,却在这里贪恋女色,我为你感到羞耻。你这般毫无追求,什么时候才能建功立业?"于是她和赵衰等人谋划,把重耳灌醉用车载着离开了齐国。

夫人如此大气、识大体,乃人生中的贵人!娶妻若如此二女,夫复何求?

第三个故事是关于"兄弟"的:故事发生在春秋时期的卫国,卫宣公为太子姬伋从齐国寻了门亲事,让他迎娶齐国的公主。结果宣公比自己的儿子伋先一步见到未过门的齐国公主宣姜,为其艳丽美色所动,于是斥巨资、雇名匠筑高台于淇河上,把自己未来的儿媳妇娶了,并生了两个儿子:公子寿和公子朔。后来齐国公主宣姜和自己的小儿子公子朔(后来的卫惠公)一起在宣公那里谗恶太子伋,再加上宣公因为自己娶了儿子伋的未婚妻的缘故,本来心理就很扭曲地想废掉这个太子,便设了个恶毒的计谋要害死太子伋。他赐给太子伋一面白色牦牛尾装饰的旗子让他出使齐国,并在卫国和齐国边界上埋伏上杀手,让他们将手持白旄旗的人杀死。太子伋的异母弟弟公子寿得知后,对太子伋说,"有杀手埋伏在边界处杀你,父王赐给你的白旄旗就是用来识别你的记号。你不能去啊"。太子说,"违逆父命以求生,是不孝,不可。但求一死,我心所愿"。执意要走。《左传》关于这一节的记载比《史记》更多了一处细节描写——公子寿于是以酒为哥哥伋饯行。可以想见,这将是一次生离死别,两位公子都已视死如归——哥哥是不愿违抗父命甘愿一死;弟弟是冒死来给哥哥通风报信,如果走漏风声回到父王那里很可能也是一死。于是兄弟两人将这人生中最后一次的对饮当作告别,弟弟将哥哥灌了个大醉,盗走了哥哥的白旄旗,带领一众随从,扮作哥哥,大无畏地向齐国边境开拔。当哥哥太子伋醒来之后,才恍然大悟眼前发生的一切,于是搏命追赶,及至齐国边界,看到的已然是弟弟公子寿的尸体和那面白旄旗,追悔莫及,万念俱灰。春秋时期,国与国之间,可说是"春秋无义战";可是,士与士之间,却处处"士为知己者死"。对于本来就是一个义士的太子伋来说,本就无畏一死,看到弟弟对自己的侠肝义胆,更加不会让弟弟一个人走得那样孤单。于是对杀手说,"你们要杀的人其实是我"。结果很自然,面对屠刀,哥哥坦然地陪弟弟共赴黄泉。

常听朋友们说,最近回过头来再读金庸的武侠小说,常常读得不住地流泪,我想,正是因为经历了数十年的人生际遇,才更加懂得侠士朋友义薄云天在这个世上的弥足珍贵!我不知道该评价太子伋是"愚钝"还是"忠孝",或许这两个词各取一字变作"愚忠"更加贴切吧。但是无论如何,对于公子寿的评价,先冒死通知哥哥险情是以"道",后甘愿代替哥哥去死是以"义",我们除了向他致以最衷心的钦佩,没有更加贴切的评价,这便是"道义"。所谓道义、兄弟情义,莫过于此!

《诗经·邶风》中的"二子乘舟"便是描述这兄弟二人争相赴死的故事——"二子乘舟,泛泛其景。愿言思子,中心养养!二子乘舟,泛泛其逝。愿言思子,不瑕有害?"全诗共32言,全无千丝万缕的离愁别绪,却胜似千言万语话别离;也无诗作惯用的比兴,只一叶小舟缥缈而逝的写实画面,但恰恰是这茫茫的空白一片,更让人充满对二子乘舟对饮话别的无限遐思。后人猜测此诗的作者不一,我们且不去管他究竟是谁,我猜测或许根本就不是当时送别二子在场之人所作,而是后人因为敬佩这兄弟二人的气节,怀想当时两人乘舟而去、化壮怀激烈于默默对饮的情景,为他们的前途命运寄托无限的思念和祈祷吧。

第四个故事是关于"朋友"的,这个故事实则是君臣,但时至今日,还讲君臣父子,不免是愚忠而不合时宜了。当今经济社会影响我们人生更多的,已不是君臣父子,而更多的是朋友之间的关系。这个故事是关于晋文公的一个随从介子推的故事。故事发生的时间跨度很大:从公子重耳逃亡起,一直到他功成名就,成为晋文公(死后谥号,活着的时候还没有"文公"这一称号)。公子重耳的逃亡生涯历时19年,从43岁开始到最终回到晋国称君已是62岁。逃亡那段最凄惨的岁月里,特别是从狄国逃奔齐国的路上,日日处在饥饿追杀、亡命天涯的死亡边缘。当时,随从介子推为了能给主公重耳一顿饱饭,割下自己大腿上的肉给他吃,"割股奉君"这个成语便由此而来。介子推跟随重耳逃亡19年,足迹以顺时针的方向踏遍春秋时期几乎所有国家。最终重耳终于在秦国的辅助下,回到晋国称君。于是论功行赏,大者封邑,小者尊爵,一时忙乎却忘了给已经隐居起来的介子推行赏。介子推的母亲对他说:"干吗不去领赏呢?死了怨谁?"介子推说:"我既然看不起那些贪天之功以为己功的人,再去效仿他们的做法邀功领赏,罪过就更大了。况且我已经说出了怨言,绝不吃他们的俸禄。"母亲又说:"那也可以让文公知道一下嘛,如何?"介子推答曰:"言语是用来修饰身体的,如果身体真的想要隐藏起来,又何必用言语修饰其外?但凡留下只言片语,就是为了显露出来表功的。"母亲说:"真能做到你说的那样吗?那我就和你一起隐居起来。"于是母子俩至死都没有再露面。介子推的随从们很怜悯他,于是在宫门口悬挂了一幅字,上书:"龙欲上天,五蛇为辅。龙已升云,四蛇各入其宇,一蛇独怨,终不见处所。"晋文公一看便知说的是介子推,顿感愧疚。文公听说介子推隐居在绵山,于是带了大队人马去搜寻,却无从找寻。思忖着是介子推无论如何都不愿现身,便有人献计三面烧山定能让介子推不得不下山现身,但万万想不到的是,文公最终看到的是一个悲壮而惨烈的场面——介子推母子二人抱树而死。晋文公为此抱憾终生,遂将绵山命名为"介山",以记己过,并表善人。

介子推跟随公子重耳逃亡19年,终于等到重耳即将称王,功成名就,只因在回晋国的路上看到另一谋臣咎犯在言语中隐晦地向重耳邀功,便不愿与之为伍,当即隐居起来。随后便是介子推不言禄的故事。最能体现朋友之谊的,自然是在飞黄腾达之前的情谊,也更显弥足珍贵。为什么我们都更加珍惜儿时的朋友,因为他们在那个时候只知道你的人品、性格,却不知你会否成为达官显贵。所以,儿时的朋友无所求。我这里说的"无所求"其实有两重意思:一是儿时的朋友对你无所求,二是当你长大后又上哪里能寻求到儿时那样真挚的朋友?

介子推,真隐者、真君子!其德感天动地!夫妻成于患难,朋友始自无名!我们一生若得如此朋友、夫妻,当好好珍惜!

前两天在微信朋友圈中发了上面所说的《史记》原文那一页的照片,有人问:"会有这样的朋友吗?"我相信有,但能以生死相许的朋友,或许只有一起并肩打过大仗的才会有,当今经济创业的大仗或许也可算。

关于朋友，当今社会或许不必许以生死，能在道义和信任上，得一两个张潮《幽梦影》里的"密友"，此生足矣：

> 一介之士，必有密友，密友不必定是刎颈之交。大率虽千里之遥，皆可相信，而不为浮言所动，闻有谤之者，即多方为之辩析而后已。事之宜行宜止者，代为筹划决断，或事当利害关头，有所需而后济者，即不必与闻，亦不虑其负我与否，竟为力承其事。此皆所谓密友也。

关于爱情

2015 年 4 月 19 日

很小的时候，我就考虑过，爱情究竟是什么样的？说不清。也许，你想它是什么样的，它就是什么样的。只有真正走进去才会明白究竟是怎么一回事。

爱情总不都是那么尽如人意的，我怎么又能想到我刚结婚不久就被确诊绝症。后来想想，人生就是这样一场起起伏伏的修行。再放眼周围的朋友们，看似平凡无奇，但揪出其中任何一个，都有不一样的鲜活的故事，不管是白领、创业者，还是"富二代"，细细品味，每一个故事都不乏艰辛坎坷和幸福期待，不禁让人钦佩、感动。

很小的时候，我常把爱情想象成书里描写的那样——直教人生死相许。可现实中，落到我们平凡人的头上，哪有那么多机会去品尝让人"生死相许"的爱情。也许都只是书籍和电影故事的误导及贻害。平凡人的爱情往往就是油盐酱醋、供车供房。但谁又能保证一辈子都不经历些许坎坷？当磨难来临时，你就会知道，什么是爱情，直教人生死相许。这绝不仅仅是一丝感动，而是，当你经历了，你才会知道，那是爱的信念。

记得前不久我在博客上发那篇《夫妻成于患难，朋友始自无名》的时候，有位应该是读过不少书的女孩，引经据典地证明我那篇文章里引用的四个故事中的第一个，即关于狄女和晋文公的故事不是爱情，而是那个狄女等待25年之后定然形容枯槁无法再嫁只好认命罢了，所以那不是爱情。当然谁都可以有不同意见，她这样说也没错，但我猜测，这个女孩或许还没经历过多少事情吧。我也不想争论什么，这样的故事写在《史记》和《左传》里面，究竟是不是爱情或者到底存不存在这么一码事，根本不值得去考证，是爱情又怎样、不是爱情又怎样，发生在眼前的那么多是是非非都没有统一的结论，更何况两三千年前的故事呢？但有一样，我个人觉得是肯定的，你对爱情报什么样的信念并怎样实践，爱情就会给你什么样的回报。我不是研究历史的，但如果没记错的话，好像那个狄女后来带着儿子去找晋文公了，而且果真是20多年之后。也许是晋文公有先见之明，早就算好了自己的逃亡生涯会长达19年，距离回到晋国成就一番霸业需要25年。当然，也许25年之约是《左传》《史记》这些史书作者们好心杜撰出来的浪漫桥段吧，究竟他们之间是不是爱情或者到底存不存在这回事，不得而知。没准都是杜撰出来的，所以去纠结这些细枝末节，毫无必要。

关于爱情，我又能有什么惊天地泣鬼神的不同看法？我初尝爱情也不过几年。可是，不怕你笑话，向往爱情却足足几十年了。从青春期的时候就开始向往爱情。什么是青春期？青春期就是：小学想带着同桌私奔，初中想娶女班主任，高中面对邻家女孩不说话了，大学什么话都敢说了可就是没有一件事情能折腾到点子上，到了工作或者读博士时，什么事都敢干了，可是已然独上高楼望尽天涯路，人，都到哪里去了？这期间看过不少别人的爱情故

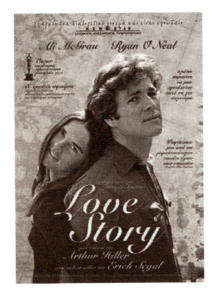

事，书里的，现实中的。记得刚到英国读博士的时候，有天晚上自己做完晚饭，一边吃一边看那本感动了一代美国人的小说——埃里奇·西格尔的《爱情故事》，看到最后那句话：love means never having to say you're sorry，我终于哽咽住无法再下咽。

关于我国的爱情故事，大家会经常谈论到民国时期的那些才子佳人们，比如林徽因、陆小曼、张幼仪，也许我有点保守，不太能认同林徽因型的，我更欣赏的是后面的两个人，还有那个年代的何香凝、孟小冬。这四个人除了都有坚毅的性格之外，还有一个共同的品德——她们在爱情的名分和实惠上并没有得到什么让人艳羡的东西，甚至可以说，她们得到的都是爱情之后留下的生活的残余，但难能可贵的却是，她们都持有一份对深爱的故人的眷恋以及对爱情的信念，把属于自己的那一份爱情生活打理得没有一丝一毫的杯盘狼藉！她们是那个满目战火流离年代的中国玫瑰。

前段时间读了几本金庸的武侠小说，里面的武打似乎只是道具，更多的是在讲做人的道理。贯穿各个故事的，除了朋友之间的侠义，便是男女之间的爱情。人世间的各种爱情和婚姻故事，在金庸的武侠小说里都能找到不同类型的印证，情投意合、夫唱妇随的郭靖和黄蓉，霸天占地、苟延残喘的裘千尺和公孙止，不食烟火、纯粹爱情的小龙女和杨过……这些爱情故事里的男女主角都是抱着完美的期许，在各种艰辛坎坷中，至死不渝地实践朋友间的道义和男女间的爱情。读这些书的时候，我也常常在想，假如我生在古时候朝代更迭、战火纷飞或者一百年前理念对立、水火不容的年代，假如也遇到各种陷阱、诱惑抑或严刑拷打，我还能保持对道义和爱情的忠贞吗？我是招还是不招呢？如果从小时候受的革命教育的角度来说，对于爱情和理想，是要坚定的，面对老虎凳、辣椒水，我是不能招的；可我又琢磨着，万一敌人要是给我施美人计呢？

这个问题在我心头萦绕了很多年，小时候看革命电影、听红军故事，就总会联想到这个问题，严刑拷打是不能招的，革命意志要坚定；后来长大一些后，意识到了点女人的美丽之后，哎哟，要是国民党反动派给我来个美人计，那我，可就得看情况了，他们可千万别把我的梦中情人李嘉欣和赵薇找来诱惑我……

如果真有三世轮回，我上辈子应该是个革命英雄。也不知道我到底拿到了什么机密情报，被国民党反动派抓了，先是把我的脚趾头砍掉了几根，后来又把腿也砍了，然后往断裂暴露出来的骨头上浇烧熔化的铁水，那个疼痛，肯定比女人生孩子疼 n 倍。究竟是多少倍，史书的作者没法用尺子、杆秤去丈量，反正疼得我喊得牢房从 1 层到 18 层都能听见。隔了一年多，碰到那几个护士一见到我就说，"哦！你就是去年那个喊得整个 18 层楼都能听见的人"。就这样，我都不能招！敌人后来又想出了新招，给我打毒药水，每天从早上 9 点打到晚上 9 点！每天打得我别说吃不进一口东西，也别说闻到、看到别人吃东西，哪怕是自己脑子里闪现过一丝喝一口白开水的念头，就会连胃和肠子都要吐出来。简直是浑身每一个细胞都想吐，直到每天晚上 12 点吐出半个拳头大的一块半凝固的黄绿色胆汁，才算能有一点睡意。毒得我两眼发黑、头发掉光，只有满脸虬髯继续长得如同鲁智深一般，小孩看到就吓得哇哇哭。留一口气等我活过来再继续打毒药水，几次三番地折磨。咋样，招还是不招呢？我不能招！唉，也不知道我到底得了什么机密情报，敌人对我这么狠。后来，敌人又想了新招，饿我 20 天不给一口吃的，看我招不招。我也拿捏着我在敌人那里的砝码，只要情报不出手，他们就不能要我的命，总得给口水喝。于是我还是不招！敌人看我奄奄一息了，留我一口气，吃回一点斤两后，又玩狠的，20 天不行，就饿 30 天，看我招不招。唉，饿就饿吧，这么反复折腾了我4回，反正我就是不能招。国民党反动派对意志坚定的无产阶级革命战士的正面斗争终究是无能为力的，终于，他们也给我施了让我心里痒痒的美人计。

我当初刚认识她的时候，我就说，"你长得挺漂亮的哈，你的漂亮是属于哪种类型的呢？暖玉温香？冷艳冰美？……"她倒直言不讳，"我属于国民党女特务型的"。还真是，头发泛黄，深眼窝，鼻子比我的还高，典型的电影里的女特务。有一次在二道桥大巴扎，连维吾尔族女孩都对我说："你是汉族的，她是维吾尔族的"。常年潜伏在异域从事革命的我看习惯了异族美女，还真喜欢这种类型的。面对这样的女特务，你说我是招还是不招呢？

敌人就像做生意的老板一样，拿捏你的心理那叫一个不偏不倚。国民党要求这个女特务务必和我保持零距离，一切都来真格的，包括领证结婚、拍婚纱照，一样都不能少，看你招不招！拍婚纱照那天，太难为我了，革命党人都是乡巴佬，哪见过这阵势，反动派逼迫我搂着女特务的腰，女特务搂着我的脖子，鼻子贴着鼻子地要我正视她的眼睛。小时候看过的一部电影——《智斗美女蛇》里也不带这样的。你说我敢直视吗？要是看了她的眼睛，那还不得全招了？！

踌躇的我是招还是不招呢？反正我只要不交出情报，他们就不能要了我的命，革命党人干脆来个将计就计！还顺带得一美人，这计策不错。有一次她问我："你明知道我是女特务，还敢接近我？"我就告诉她，"你是女特务，我就做个唐僧吧，每天给你唱 *Only You* 来感化你，直到有一天你也心甘情愿地和为师我一起唱这首 *Only You*"。女特务打断我："死到临头还有心情跟我贫？""牡丹花下死，做鬼也风流，死在你的石榴裙下，情僧也算修得正果死得其所了。小姐贵姓？""好吧，看我怎么收拾你！""咱夫妻俩关起门来，你把我收拾了还是我把你收拾了，结果都一样。""看来你是不见棺材不落泪!""阿弥陀佛,生亦何哀死亦何苦,女施主,别这么凶嘛。""你还是老实交代了吧,省得我费功夫!""这就对了,贤妹,咱俩不妨耗它个天长地久。来,贤妹,跟为师一起唱这首 Only You……"

其实,爱情,与干革命、做生意和创业是一样的,凡是成功的都是熬出来的。人类历史,古今中外,熬到最后成功了的莫不如此。我上辈子作为革命党人也无法预见到这样熬下去的结果会怎样。可是幸运的是,熬到最后,我招还是不招也都无所谓了,天下都太平了,国民党也撤了,女特务也成了我的孩儿他娘了。

爱情,说不清是啥样,你想它是啥样,它就回报给你啥样。你慢慢熬,没准就在平平淡淡中熬出个天长地久,没准就在坎坎坷坷中熬出个轰轰烈烈。我从小对爱情的想象,要么是甜蜜浪漫式的白头偕老,要么是坎坷坚贞型的比肩革命,后一种都是发生在书里和电影里的,小时候没见过。长大后经历了一些事后发现,其实前一种反倒在现实中不多见,谁能一辈子如神仙眷侣一般从不遇到些沟沟坎坎?不过是早一点迟一点罢了。

我的这位女特务对我真不错,很替我着想。她知道我干革命期间在肺里面早就落下些麻烦,今年开春就要我找个偏僻清净、空气好的地方去洗洗肺。为了将爱情进行到底,我就暂时过段苦行僧般的生活吧,老虎凳、辣椒水、饿 30 天都挺过来了,找个地方安安静静地待着,对我来说简直是天堂般的日子。本来我也坐得住,来了丽江有段日子了,古城就在咫尺,我还愣是一直没去。凑热闹还真不是我此行的目的。

一路上一想起她还在为家、为工作忙碌着,我就满心感动。老爷们动起情来,也会像湘赣丘陵的山路一般蜿蜒辗转。出发后的第一天,穿行在江西的山坳之间,真好似盘桓在自己的柔肠百转之间。忍不住感叹了几句:

群山坳坳兮，我赴乡里
漫霭悠悠兮，我心所依
天长水阔兮，之子待我
遥织彩笺兮，百年相惜

关于爱情是什么这个问题，恐怕没法有个大家都能一致满意的定义。只有实践了、经历了，才知道其中的滋味。中国文化不崇尚张扬，《菜根谭》就是个很好的代表，儒、道、佛都在其中，喜欢寓苦于乐、亦苦亦乐。不管是苦还是乐，不必穷其究竟。到底是苦还是乐，品尝了，就知道，爱情就是那么个滋味——熬着熬着，就什么都是甜的了。我也说不清究竟，如果非要给爱情下个定义，我用中文还真说不准确，或许借用几个英文词来形容一下我目前对爱情的认识，这样描述还比较恰当——two persons' tacit understandings with nothingness。我也不知道你理不理解这是啥意思，也许我自己都不

知道是啥意思，因为我说了，如果用我自己的母语来解释，一说出来就不是那个意思了。你可千万别信我，也千万别信佛，否则，你说不准也不会说话了。

爱情，就是你心里想的那样，你想它是啥样，它就是啥样。前天下午，本想找个空气清净的所在读会儿书，走来走去却走到一座藏庙前。这座庙在一个小山上，玉龙雪山就在对面，山顶上的云仿佛伸手就能摘下几朵。站在佛前，感到自己的渺小，眼望着佛顶掠过的浮云，仿佛前生来世也都际会到眼前——那个坚贞不屈的革命青年，还有那个给他施美人计的女特务——心中油然升起一番感动……

> 我不知是前世祈来的福，只为那天与你相见
> 我不知是今生修到的缘，只为今天与你相伴
> 我愿来生再让今日重现，只为途中把你手牵
> 我愿今夜拨转昨日金轮，只为梦中把你挂念
> 我愿今生匍匐拜上山巅，只为你我永不分别
> 我愿来世再次回到山前，只为你回眸把我瞥见

天涯若比邻

有位朋友问我，是不是我以前常常给她写诗，这么着才俘获了人家的芳心？其实不是，我这点笔头，哪会写诗啊？记忆中，从没给她写过诗。如果这两首算是诗的话，应该是多年以来我第一次给她写诗。那位朋友问我，照片里那个红衣女郎怎么就会看上我这个灰头土脸的小子？我也觉得，爱情其实也是笔糊涂账，天下有哪一本账是能说清楚的？诗这种东西，要么只是点缀一下，要么是真的有感而发。爱情中间，也可以完全没有诗。记得很久以前，我无意中给那位朋友留过一言，我也不知道说得对不对——追求女孩子，拿出男子的豪情，冲上去，就能搞定！这话听上去肯定不对，我也说不清楚，那个革命青年和国民党女特务怎么就发生爱情故事了呢？

有一点应该是肯定的，拿出男子的豪情，剩下的就别管了。于是我就不管了，天天走在金沙江边的山间小路上，竹杖芒鞋轻胜马，谁怕！仰望着头顶上飘过的浮云，面对眼前此时此刻此情此景，扯着嗓子痛快地吼一曲我们西北的《信天游》：

> 天上的云儿不停飘，
> 地上的人儿不回头，
> 吼一吼胸中的酣畅，
> 那故事是否依旧？
> 山上的风儿不住吹，
> 脚下的路儿不停走，
> 甩一甩手中的竹杖，
> 那脚步可曾停留？
> 路边的花儿静静开，
> 田间的草儿绿油油，
> 问一问心中的世界，
> 那温柔可否挽留？
> 我走过了山沟沟，

大风它总是吹不够,
我要为你唱首歌,
唱得白云悠悠。
我走过了山沟沟,
大风它总是吹不够,
我要为你唱首歌,唱得大河奔流!!

书"法"人生

2014年2月5日

很久不曾练习书法了,心里隐隐有个潜意识在支配,究竟什么原因却没怎么想过。今天理了一下,原来是这么回事——五色令人目盲,驰骋畋猎,令人心狂,难得之货,令人行妨,所以"道"者为腹不为目。生命有限,时不我待,读书悟道实属"为腹"的温饱需求,而练习书法则非致虚守静而能为,难免匆匆而就,妄写而不求甚解,书法就成了"令人目盲"的奢侈需求,故当取此去彼,不可随意写之。练习书法非一曝十寒,其中道理自读书悟道而始又尤甚读书悟道,须历练、须通达、须笃静,方可领悟其中玄妙。少年执笔写的是字,中年执笔写的是神,老年执笔写的是意,所以颜真卿写的是天浑地厚,王羲之写的是快雪世外,弘一法师写的是圆融无碍,书法乃是"令木生华"的人生艺术,而非需求,故当由此及彼,自彼至此,或可照见五蕴皆空,能度一切苦厄了。

前次日记中无意中列举了这三位的书法，今日再读，发觉有趣，竟然是个巧合，不必解释，便可知道谁写的是得体端庄的儒，谁写的是洒脱自然的道，谁写的是无体无相的佛。这真是巧合，我年少时练习过一点书法，近年多时不曾执笔，仅仅是杂书多读了一点、生活经历多了一点，虽从未读过书法理论方面的书，但对书法的理解却多了几分。可见，书法，须读书、须历练、须参悟，无需多少理论亦可无师自通。如若不是颜真卿毕其生收拾旧河山的经历，他的下笔哪里会有气壮山河之气概而令千秋后世奉为楷模，所谓字如其人的道理就在其中。相形之下，由隋归唐的欧阳询，虽已确立唐楷之体，然其作为降臣在天子身边终其一生都活在战战兢兢之中，其字也惊恐到了中规中矩不多一分不少一毫的极致，少了活泼、少了变化。我自幼一直临柳公权，但是每当看到颜鲁公苍劲浑厚的字体线条时，其将兵讨贼立师勤王

◎ 读博士时的导师尼古拉斯·R. 詹宁斯（Nicholas R. Jennings）

的形象立刻跃然眼前，其敦厚傲然的字态正是他 75 岁受命劝抚叛将明知必死却坐斥顽奴视若蚁虿的浩然正气之写照。可见，书法体现的是人生，所以，"书法人生"当作这般解释："书"即书法，"法"作"效法、遵从"解。书"法"人生！而如今，见识未破万卷、历练未行万里，今后当专心读书，不妄写字了。

礼崩乐坏

2014 年 2 月 4 日

总觉得过年的气氛一年不如一年，特别是不如小时候那般热闹亲切，总觉得这种感觉受了孔子说教的影响，他一人觉得天下一代不如一代，所以他直接编修、间接影响的四书五经的总体印象就是礼崩乐坏、三王不如五帝、五帝不如三皇，总之越久远的越好，越现在的越不咋的。真是这样的吗？我从小学时就有这种过年气氛一年不如一年热闹的感觉。这种感觉肯定不对，一个小学生能感觉出什么，我只能说是我们的思想在无形中受孔子潜移默化的影响太深了。真是一代不如一代吗？肯定不是，如果是的话，就是守旧，因为以先人的标准评价后人发展变化了的社会必定是光怪陆离、难以入眼的，就像清朝人看不惯洋人的西装、今人又看不惯古人的长袍一样。孔子说礼崩乐坏这话的时候，那个时代的社会和经济客观上肯定比三皇五帝时期好，只是他自己太向往过去了。难道我们该说他是守旧吗？过年气氛一年不如一年也许是个错觉，是平常的日子一年比一年好了，才觉得过年这几天不咋的了。真是日子一年比一年好了吗？周汝昌评价四大名著时说过这样一段话：西方文明讲求征服自然，中国文明讲求天人合一。经济技术是比过去好了，利欲也比过去更泛滥了，于是现在吃不敢吃、喝不敢喝，连空气都不敢呼吸了。于是终于明白了孔子为什么在他那个年代说出了礼崩乐坏，一代不如一代。并非三王不如五帝，也非五帝不比三皇，更不是今天的经济不如过去，而是在天人合一、人与自然、人与人和谐共处这个意义上大不如三皇五帝那个久远的年代了。今天偶然翻开《尚书》读到舜典的一段话，寥寥数字，人事相合、风调雨顺的景象跃然纸上，令人神往。不得不佩服 2 500 年前孔子对礼崩的批判、老子对无为的倡导。唉，一声叹息，唐虞禅让三杯酒，汤武征伐一盘棋。废话了一堆，不若一字不言。

后记：昨日在新浪微博上发了这篇文章，朋友留言：一直认为"礼不可废"，但老祖宗留下的一些礼节确实被废弃了，比如祭奠，比如一些必需的对长辈的礼节性拜访，节日的气氛弱了，家族的凝聚力弱了。

享受这时光

2007 年 7 月 30 日

前些天,原来英国电信 CTO Office 的老上司召集全组人喝了一晚上的酒,欢迎我的到来。研究中心的大头也来了,让我感到不胜荣幸。一个极其能聊的主管西蒙(我一直觉得他应该去搞市场运作,而不是研究算法)问我:"Wei, what do you think is the most exciting thing since you have been back to China?"(魏,你认为回国后最令你感到兴奋的事是什么?)当时,我着实想了快半分钟,但回答得并不准确。是因为,有太多事情一下子出现在脑海中,无法说出哪个是最让我兴奋的。于是,我回答了一大堆,凡是出现在脑海中的,几乎都是让我非常非常兴奋的事情。总之,离开了那么多年,终于回到祖国,自然见到什么都会很兴奋。这个问题在我脑海中停留了些日子,问题的答案也渐渐沉淀下来。

今天,周日,和一个同样在英国待了很多年的小姑娘在 MSN 上聊了颇有一阵。她说，过去的这些年，在英国度过的青春，要是能在北京该有多好。这话让我非常有感触，我又何尝不是这样想的？

下午独自来到伦敦，走在熟悉的街道上。牛津街依旧繁华，摄政街（Regent Street）上依旧熙熙攘攘。特拉法尔加广场上的四个巨狮上依旧爬满了年轻人拍照留影。人们在享受着时间（享受用在这里确实没有 enjoy 形容得更加确切）。我也在其中，从容地看着每一座纪念碑下刻着的说明文字。从前每次经过这里，都没有注意过每个雕塑代表着哪位英雄，或许那时真的把自己当作本地人了，就像北京人很少逛故宫一样。湛蓝的天空洒下英格兰特有的夏日阳光，和着英格兰同样特有的夏日季风，温暖中夹带着凉爽，让人感到轻松惬意。这种感觉似乎只有中学时代，在乌鲁木齐的秋天放学后，才会享受到。

阳光照在高大茂密的树叶上，折射出油亮的光芒。那时，除了几门作

◎ 2007年9月，伦敦，摄政街嘉年华

业，所有的时间都可以自由地支配。每次从城里放学回家，总喜欢拖得晚一些，这样可以在北门到红山那段种满杨柳的街道上多享受一会儿傍晚晴朗的阳光。

一路走来，繁华消失在身后。圣詹姆斯公园应该是伦敦闹市区最安静的一块地方。街灯初上，已是傍晚，白金汉宫门前的广场大道上人群已渐渐离去。听着儿时常听的郭峰那节奏欢快舒畅的歌曲——我多想变成一缕春风，飘在家乡翠绿的山林上空……让翠绿的山林更加翠绿，让美丽的姿容更加年轻。

这样，一直走到天彻底黑透，才伴着通圆透亮的明月回到百余英里以外的东海岸小镇。走在幽静的小路上，穿过一条小河，月光把水面照得通明。水面似乎是静止的，它比时间走得更慢。西蒙的问题再次浮现在我的脑海中。我们从什么时候开始变得兴奋越来越少了呢？大概是从走上社会时起。甚至很多人从上大学开始，就是为了刻意地在将来得到某些东西，从而急功近利地计算着做每一件事的得失。没有办法，是中国相对于发达国家实在太落后的这个特殊的时代造成的，人们在竞争中只追求结果，不讲规则，更忽视了过程。面对这样的局面，我们又能怪谁呢？就像我时常被问及，如果让我重新选择一次，是回国还是留在英国，我肯定还是会选择回国。因为我觉得世界上最好的地方就是中国，哪也没有中国好。谁让我生在中国、长在中国呢？但做人做事不必太刻意，不然就很难达到一定的高度。记得高中当班长的时候，同学们常问我，为什么做了那么多题自己的成绩还是上不去？我告诉他们，功到自然成。如果你对这门科学背后的基础原理有足够的理解，练习题是不必做那么多的。我上小学的时候就已经观察到并且能自己解释为什么透过火焰周围的空气看到的静止的物体在晃动，所以我能用课间 10 分钟的时间把一套高考物理试卷做出满分。功到自然成，这也是道家所提倡的思想精髓。这也是西方懂得一些中国文化的人都会读老子而不读孔子的原因。是的，做人做事不必太刻意，重在 enjoy yourself——努力工作，享受生活，功到自然成。何尝不能活得大气一些？什么是最令人感到兴奋的事情？和小学生一样，闲了晒太阳，饿了吃面包，没事勤洗澡，有空多睡觉。

西藏行：人生无导航

2014 年 10 月 15 日

西藏之行，充满各种神秘、期待、幻想，或许也有些许恐惧。真正体验了，才会知道，对生命的敬畏和感动。旅行可以有导航，人生有吗？

【川藏线—318国道】

出发！恕我孤陋寡闻，《康定情歌》中的康定，原来是个地名。

5 008米，东达山。超过5 000米，我的心跳得有些累，稍微动几下就会感到气喘，因为缺氧。超过2 700米就可能产生高原反应，每个人的高原反应不一，有轻有重，典型的有头疼、喘不过气、心跳加速、拉肚子等，严重的有休克、肺水肿，甚至会要命！

【天路】

通麦天险，这段十几公里的盘山路，只够一辆车通行，下面就是万丈深渊。

　　5 013米，寒风刺骨，这些大货车司机同样令人敬畏，是他们给高原的人送去补给，他们自己却每天风餐露宿在悬崖边上，总有一个车轮行走在生命的边缘，他们手里的方向盘，时时刻刻精确地演绎着"一厘米生死线"。恕我不能在盘山路上拍摄他们的车辆轧在悬崖峭壁边缘的惊险！

四、谈谈生活

难道是空气稀薄发生了光折射的缘故?车门柱怎么变成弯曲的了?

老家新疆的山在天上,所以叫"天山",这里除了"天路",是不是还有"天湖"?这段天路,只有亲自走完,才能感受到对生命的敬畏!

拉萨，胜利在望！

【敬畏】

这趟天路之行,让我最敬畏的是三类人:

(1)一步一拜的朝圣者,他们活着不为别的,只为一生做了一件事。

（2）这段天路的修路工人，没有他们，物资补给和旅游就绝无可能。

（3）徒步和用最低档蹬半圈只能前进20厘米的骑行者，特别是没有结伴的独行者，其中不乏只身一人的"女汉子"。每天下午都会上演这四幕——天黑、大风、雨雪、冰雹，距离下一个村庄还有上百公里，身上的干粮、水、帐篷都放在仅有的一个背包里……

沿途的严峻挑战，对于没有身临其境的人来说是无法想象的——生命绝迹、生路无望！

这趟天路之行，我体会到更多的是对生命的敬畏和感动。

【山高人为峰】

如果你把所有艰辛通通踩在脚下,那么你也会看到另一番景象!

西藏行,往好里说是挑战,往差里说是自虐,恰当地说就是"二"。"二",是一种态度。

"二"是一种广阔的情怀,再加一种美的视角。

"二",是一种高度。

念青唐古拉山,我处在5 200米的地方,峰顶7 117米,长江发源地。

【历险奇遇】

昨夜鹅毛大雪，远光灯把前方的雪照亮了一片，完全看不到路，有夜行经验的人都知道，除了车灯照亮的地方，其他完全看不到任何东西，你甚至不知道侧面15厘米外就是万丈深渊。出门忘了带GPS，小米手机GPS失灵已经半个月，这是最糟糕的地方，因为即便有地图，你也完全不知道自己在哪里，该往哪里走。我开车已经走错几十公里了，到了一个山上，荒无人烟，整个世界除了车灯的光照见鹅毛大雪扑面而来，别处都是伸手不见五指。这时我只想起一件事，这世上可能真的有鬼，奉劝所有女性朋友不要夜里出门，碰到我昨夜的经历，你一定会吓得半死。因为天太黑，恕我不能用图片的形式直观地记录出这种恐怖的遭遇。

知道迷路了，而且在一个不知道是哪里的山上，沿途想问问路，偶尔好不容易看到某处有灯光，可人家一听见汽车引擎靠近、下车关车门的声音、脚步声靠近，屋里的灯光立即熄灭，两次过后我就知道叫门问路是无望了。只好凭着记忆原路返回，直到一处能够辨别出来的地方。好半天才找到该走的路，又是一条山路，且是"山路十八弯"。此处叫分水岭，前面一辆宝马因为雪大看不到路，且后驱两个轮胎陷在某处，停在路边不敢轻举妄动，怕使劲过猛冲下山崖，迎面过来一辆国产长城SUV刹不住车正撞上宝马的侧面，长城SUV翻下坡去。宝马心惊胆战地返回，我也不敢继续前行，折返

到最近处的小酒店，昨夜的行程才算作罢。

今晨继续，至山顶处，大雾，能见度不足 10 米，沿途所有车辆已经从昨夜凌晨 1 点开始堵在山里上不去也下不来，没人敢动，因为完全看不到路，怕多走一步滑下山崖，都在冰雪中熬了一夜。我倍感庆幸。那辆宝马车的司机今晨已经不愿再出发了，就留宿在那家小酒店里，打算等天气好了再走，难怪。我也只得在山顶等雾散，也不知山那边的山坳里究竟堵了多少车在大雪中熬了一个通宵。两个小时后终于有对面山坳的车上来了，或许是路况有所好转了。刚才最后斗胆通过的三辆小车，我记住了他们的车牌，根据计算机堆栈的后进先出原理（last in first out），对面上来的车不是过去的那三辆车，说明路应该是通了。于是毫不犹豫又小心翼翼地往前蹭。但是地面 5 厘米厚的冰是最恐怖的，一踩刹车就启动防抱死，相当于刹车失灵加冰上芭蕾，眼睁睁地往山崖边上溜，所以昨夜所有进了山的车都不敢动，只有等天明雪化。我继续往前溜，居然看到一辆巨无霸几乎横躺在整个弯道山崖边，还好，它只是歪在那，没有彻底掉下去。真不知道多大的机械才能把它拉上来，那样大的机械又怎样能从挤满大货车的山路里钻行到这里；谁又敢拉它而不会被它一起拖下山崖呢？不得而知。还好，横在那里的大货车和山壁之间仅够一辆小车从缝隙里穿过，中型以上客车和大货车是绝对通不过的，不知道现在是疏通了，还是越来越多的车不断开来堵在山里进退不得。已经一整天了，为他们祈祷。后来的路况是川藏线 318 国道常常遇到的，巨大的坑，坑里全是黄泥水，你不知道坑有多深，轿车的车轮可能完全陷进去出不来。为了不刮着底盘，轿车只能小心翼翼地以 5 公里以下的速度踩着刹车然后一点一点放开刹车慢慢地把一个车轮放进去，再慢慢踩油门把陷进去的车轮开出来，避免伤着轮轴、轮胎悬挂还有底盘。李白说蜀道难，其实进藏的天路更难！

很多地方根本没有护栏，其实这种地方有没有护栏都一样。再结上冰，你还敢走吗？南方人如果冬天去新疆，就会知道，零下 40 度的冰天雪地里，车也会跳冰上芭蕾的!

去西藏,你常常需要在悬崖峭壁上转过九十九道弯,才能迂回前进一公里。右下方的照片上能看到三个盘旋(隐藏在下面的还有更多个盘旋)弯道,你常常会发现,走过几个盘旋弯道之后,自己却几乎还在原地——直线前进了仅仅几公里,也许耗费了近一个小时!

昨夜,当我迷失在不知道是哪里的山上时,也许因为身患绝症曾经面对过死亡的缘故,对于这种漫天风雪、伸手不见五指而万丈深渊又近在咫尺的情形,并不感到恐惧,反而很享受这种独处。我停留了片刻,而不是尽快逃离这里。我不想再次陷入这种困境中,但又很珍惜这样难得的经历,于是多待了一会儿,回味这种黑暗中迷失的感觉。向前一步可能是如履薄冰,向后一步可能是万丈深渊。旅行可以带导航,人生有导航吗?

在路上（2）——思考人生

2013 年 9 月 11 日

　　得知李开复老师也得了癌症，翻了翻他的微博，更觉得所谓"成功"真的不那么重要了。原来没生病时的我距离成功也并不是遥不可及，但也许生病就是老天在提醒我，该好好思考一下人来到这个世界上究竟是为了什么。确诊绝症后，看了一些历史书，更觉得是非成败转头空，对我最重要的还是爱情和亲情，无非是妻儿老小而已。我并不觉得现在停下来思考一下人生、放慢脚步就是堕落。中国文化教化众生无非三样：得意时信儒、失意时信道、绝望时信佛。这让我想起 20 世纪 80 年代末乐坛流行的西北风——任尔东西南北风，我自不在五行中。或许读历史和哲学越多的人，就越不太会去信什么宗教。大哲学家罗素就是个例子，他还专门写了本书叫做《为什么我不是基督徒》。这段时间也外出讲讲课，把我在英国学习、工作时获得的西方思维观念与中国企业进军海外的经验相结合并总结提炼出来——形成《怎样与西方 CEO 交流》，分享给那些正在拓展西方高端市场却又缺乏和西方高层沟通经验的企业，分享给那些认为自己的产品不错却总也没能在西方市场牢牢站稳脚跟的中国企业。我讲的不是英语课，而是西方人生活、做事、做生意的思维观念课，是中国人规划产品、设计产品与西方市场如何交汇的营销课。讲课这件事情纯当友情赞助、广结善缘吧。不争，或许获得的会更多。如果我能多活些年头，最乐意做的事情应该是，学贯中西、知行合一，分享更多的人生经历和工作经验。这些天北大同学、华为同事请我吃饭聊天，把我的时间塞得满满的，每天晚上都有，甚至周末时一天要分两三场，说明了一点，朋友们对我的态度并不因我是否成功而有所改变，幸甚幸甚！

　　昨天和儿时的朋友谈到年轻人的发展，如果我们今年刚大学毕业，千把块钱的月薪，面临如此高的房价，如何生存、如何发展，将面临多么大的压力，简直不可想象。我突然想到这样一个问题，大学应届毕业生该如何择业，是去提供高薪的大公司，还是去中小企业？过个七八年，往往混出头成为"一方诸侯"的，基本都是中小企业里摸爬滚打、十八般武艺样样精通的人，而刚毕业就风光地拿到月薪一万元以上的大企业里的小螺丝钉，七八年后基本上能成为一个很会保护自己不受磨损的圆滑的螺丝钉，面对北上广几百万元的房子依旧是望洋兴叹。小企业的老板面临生存和发展的压力，由不得下属混日子，也搞不起官僚的那一套，有能耐的人很快会得到提拔；而已经发展起来的大企业，既得利益阶层、官僚风气已然形成，小职员想跨进这个利益圈子是很困难的，刚毕业的应届生大部分精力如果放在业务上往往不如那些政治上敏感的人发展得好，最终智商高的人往往把大部分的精力用来学习如何去做一个少被磨损的螺丝钉。从世俗的眼光去论断"成功"，基本上是这样的，十年后成功的往往是一开始进了"发展中"（developing）的小企业并和小企业一起成长的创造者（或者说创业者），而刚毕业就进入"发达"（developed）的大企业的人往往难以超越成为螺丝钉的命运。

发展得好坏也与书读得多少不成正比，读书多的人千万不要抱怨，也许是因为你没有做到知行合一，也许是因为你的发展潜力还在后头，要耐得住寂寞，板凳要坐十年冷，是有道理的。我的板凳还没坐到十年，很不幸地就生病了，苦笑一下，这也没什么。要说读书多，我可以不谦虚地说，我是儿时的同学中读书最多的，但令我真心佩服的，却是和我从幼儿园一起长大的一位好友。前些天在上海和他吃晚饭，聊起许多往事。1998年他开始北漂，从月薪600元、给家里寄200元、存200元、房租80元、生活费120元，到现在成为近3万人的公司的副总裁，中间把微软、IBM、太阳微等听说过的和没听说过的认证都考过了，一路走来的艰辛只有他自己知道。有人曾问我他是否跳过很多次槽，实际上，他是连续15年在同一家公司一直做到副总裁、公司上市。我让他一定把这些写下来，他若不写，我得帮他写！我想，在他自己看来，成功与否也不那么重要，只是脚步停不下来而已。饭前饭后，朋友间相互关照的无非还是身体状况，至于所谓的成功，在朋友间毫无意义。重要的是，多年以后，我们都有了人生的阅历和自信，这就足矣！

我现在觉得成功与否，真的不重要了，也许是我体会到了一点点什么叫做"在于过程而不在于结果"。结果无非是殊途同归，分解成无机物分子而已，难道有谁能亲眼见证霍金的《大设计》吗？所以，我在病中写那篇博客《我们从哪里来——霍金〈大设计〉》，也无非是读书过程中的一种喜悦吧。

我相信功到自然成，这句话也从另一所谓"成功"的同学——大学斜对门宿舍的刘老大身上得到了印证。我们就是这样叫着叫着，就把他从一个小程序员叫成了某个上市公司的"老大"。从前上大学时从没看到刘老大写书法，印象中他好像从没拿过毛笔。近一年，看到他不时地在微博上发一两幅练习的行书草稿，已经很有《兰亭序》的风貌了，猜得出他在事业上的突飞猛进。因为，书法写的不是字，是境界！周日中午吃饭，我和他还聊起书法的心得，聊到魏晋书风的飘逸、唐楷的严谨、宋草的大气，聊到书法也是历史和政治的体现，聊到刘老大对颜真卿叔侄政治觉悟和书法境界的钦佩。的确，古人留下太多令我们后辈景仰的故事，这些故事不仅仅是历史，更是艺术和民族的气节。刘老大之所以认为颜真卿的书法成就高于王羲之，我想，更多的是因为中唐以降朝中无人，颜真卿替唐朝收拾安史之乱的孽党残余，宁死不屈，以身殉国。如果你也了解到这些艺术作品中的民族气节和历史故事，相信你也会把颜真卿的书法列在魏晋逃避现实的文人艺术之上，奉之为上上品。这里顺便贴一幅刘老大那天早上胡乱写的东西，阿万说，看得出来那天早上刘老大的心不静。

这些天在北京办事情。又是一年新生入学季,北京总是以她最宜人的风和日丽迎来新生,又以她最难耐的酷暑暴雨送走毕业生,似乎正是校园纯真美好和社会波磔险恶的真实写照。上周六下午,北大同学邀请我还有从江苏赶来的同宿舍同学聚聚。等候间歇,来到未名湖边消磨时间,听着儿时好友一起常听的20年前的老歌,和同舍同学漫步在20年前常走的小路上,那年有张专辑叫《没有围墙的校园》,青春万岁!友谊万岁!

说不尽的往日情怀,怀念大学期间在北京时的热热闹闹,也怀念博士期间在英国时一个人的冷冷清清。那时曾经染上一点烟瘾,但其实我很少把烟吸进肺里。记得在伊普斯威奇工作的时候,每天下班我总是开车绕城到另一头的超市去买点东西,吃完晚饭在门口有五个出口的转盘马路牙子上抽根烟,巡警也无聊到没事找事地过来查问我一句是否真的住在这里,好让自己不那么无所事事,也顺便证明一下这个星球上除了他之外,我的确是另外一个活物。一来二去变得熟了,每天他都把警车停在我面前和我聊上两句,唉,两个孤独的老男人!那个时候,我真的太了解那句话的真谛了——哥抽的不是烟,是寂寞……说真的,烟不是用来抽的,是心里空虚时用来夹在指间好让心里"有所事事"用的。记得十年前在墨尔本的一个国际会议上发表了一篇论文,去那里讲论文,从伦敦到墨尔本连续40个小时的辗转飞行,时差令我无法入眠。住在凄冷的小酒店里,靠近南极的7月正值冬季最寒冷的

时节，心里幽幽地填了首词。十年后的9月，心里怀揣着妻儿来到故地，再次看到那年梦里温暖阳光下的湖水荡漾，于是在这里还了个愿，心里画了个圆。

风入松

（2003.7，墨尔本雅拉河）

又见昆明湖桥舟，

碧波影万寿。

极目柳岸绿婆娑，

八百米长廊尽头。

缙蛮花香依旧，

一如别时曾游。

小帘独卧向华胥，

梦阑夜未休。

隔云问天曾记否，

那日鱼雁笔墨稠。

雅水寒，逝斯忧，

能几时，赴中秋？

十年弹指一挥间，又是十年。

一年三百六十五天,人生就是一个又一个三百六十五里路。那首歌写得真好:

　　　　三百六十五里路呀,从故乡到异乡,
　　　　三百六十五里路呀,从少年到白头,
　　　　三百六十五里路呀,越过春夏秋冬,
　　　　三百六十五里路呀,岂能让它虚度!

除心不除事

2014 年 5 月 20 日

周末随"复旦哲学课堂"来到绍兴大禹陵、舜王庙，沿着古圣先哲的足迹，一边呼吸着 5 月山间清新的空气，一边聆听复旦教授的人生哲学。

第一天是复旦大学哲学系王德峰老师的课："财富与人生——东方哲学与人生智慧"。前一天我在新浪微博上介绍这个课程，有人在我微博上留言，说王老师是复旦唯一被允许在教室里讲课的时候抽烟的老师。来到课堂，果不其然，王老师开篇第一句话，"请允许我先抽支烟，我讲课时不抽烟会萎靡不振"。几支烟后，越来越进入意境。与其说是讲课，不如说是文化漫谈。听过一些老师讲哲学，大多是在介绍哲学；王老师不是在"讲"哲学，而是，烟雾缭绕中，他的思路和他的语言本身就"是"哲学。以前读南怀瑾的书，在序言和介绍中知道是根据他的一些课堂讲话录音整理而成的，因为没有身临现场的缘故，我总怀疑是整理者根据录音做了不少增删、修饰、考证等后期工作才成为那些经典的书籍。听了王德峰老师的课,我不再怀疑,因为确有人可以不用讲稿、不用提纲,思想的直接流露便是涓涓细流、滔滔江水,言语的直接倾吐便已是优美的文学、洞彻的思想,无须修饰、无须增改,少一字欠妥当、多一字嫌造作。真是佩服之至。

晚间和同学们在绍兴河畔游走,天明兄一路亦兄亦友般关切、闲谈,谈到老师讲课的内容,我印象最深的便是老师讲到的"除心不除事"。我们中国哲学讲究的是出世的精神和入世的智慧,因为谁也逃离不了这个世界,即便闲逸如竹林七贤。老师讲课很有艺术,题目是"财富与人生",但通篇一直讲的都是人生,最终结束时用一句话作为"财富"这个主题的落脚:"今天我就不讲财富了,你们的财富就是你们的人生",高度概括!诚如前一晚喝酒时徐班长对我说,我们都不是为了活着而活着的人,我们需要的是思想。那晚同学们喝得都很尽兴,我以水代酒,用尚可的逻辑来记录同学们关于"财富与人生"的思想——此间的同学都不乏财富之道,最大的财富就是

人生，所以，投资管理、企业管理最终都统一于对自己的人生的管理，管理好人生就是最好的财富管理。第二天课间，做房地产的张总给新学员这样介绍心得，西方的管理学讲的是如何管理企业、竞争、投资的问题，而我们的哲学课讲的是企业负责人如何管理我们自己的问题。多么精辟的总结！西方的知识体系正是建立于将"我"和我以外的"自然"分离开来从而研究两者之间各种问题的哲学，我们中国人的知识体系正是建立于"我"和"自然"之间如何统一的"天人合一"的哲学。

> 这是为什么？
> 我想知道这是为什么？
> 我想知道为什么我想知道这是为什么？
> 我想知道究竟为什么我要知道为什么想知道这是为什么？
>
> ——这是历史上著名的费恩曼哲学关系问题，揭示了社会科学、自然科学与哲学源泉的几个基本逻辑。
>
> 理查德·P.费恩曼（Richard P. Feynman），1917—1988年，美国著名理论物理学家，1955年，因在量子力学方面的成就而获得诺贝尔物理学奖。

王老师讲到哲学中的一个常见命题，现实生活中常常被我们忽略——是风在动？还是幡在动？抑或是我们的心在动？也许正是因为我们把握不了其中的真谛，才常常被我们忽略。确实，以我们人类现有的知识是回答不了的，或者说，唯物、唯心者之间或者别的不同见解者之间谁也说服不了谁。因为我们人类所能认知的还太少，就像没有牛顿就不知道有万有引力，没有费恩曼就不知道量子的波粒二象性，没有霍金就不知道黑洞并不那么黑，而霍金理论的逻辑的科学性虽已被物理学界公认，但至今仍然因为人类现有的科学手段而无法捕捉到霍金提出的黑洞散逸粒子，霍金距离诺贝尔物理学奖仍有一步之遥，其理论距离"科学"也仍有一步之遥！即便被验证为科学，也许正如霍金2012年出版的《大设计》里所说的——仅仅是我们所处的宇宙时空中的科学，或许到了另一宇宙时空中，我们的科学又变幻成了另外的形式。霍金《大设计》中提到生命乃至宇宙的存在形式的一种假想，为什么时间（或者这个世界的历史）不能以一种倒过来的顺序存在呢？比如，杯子掉落打碎也可以是逆序的，是由碎片结合而成完整的杯子，人是从死了的状态而复活、耄耋、老成、健壮、孩童再回到母体内，所有的化学反应、物理反应都是逆序发生的，上帝造物也完全可以按照这样一种顺序来进行。霍金等科学家早就大胆地预想反粒子、反能量的存在，或许这样一个逆序的宇宙时空本就是存在的，只是我们地球上的人类无法穿越过去而已。二者发生碰撞时，就湮没为零，也正是我们佛家两千年前所说的"色即是空"，这样的色空变幻怎一个"妙"字了得？我们的汉语对佛家的"真空妙有"总结得多么生动！科学、宗教、哲学的边界又如何界定、如何互相说服对方呢？徒劳！那又何必劳心伤神地去想这些问题呢？毕竟我们无法从这个世界中脱离，凡尘杂事毕竟不能除去，王德峰老师的一句话终于点醒梦中人——"除心不除事"！好一个除心不除事！

如果人类真的能以一种从老活到小的顺序来生活，或许会是非常美好的一件事——我们来到这个世上便具有相当的智慧，而不是像罗大佑歌曲《童年》里所唱的那样从小"盼望有一张成熟与长大的脸"，不是到了而立之年又盼望拥有丰富的阅历，而是从一开始就如同孔子所说的"从心所欲不逾矩"，一直活到最终，越来越轻松。直到离开这个世界的时候，如孩童般，眼睛里充满着真诚和无邪，心里不留任何杂念和遗憾，一身轻松地离开，而不是病痛缠身、带着许许多多的遗憾和未遂的心愿离开。或许这应该就是2009年布拉德·皮特主演的电影《返老还童》（亦即《巴顿奇事》）最初的创作灵感吧。然而我们生在这样一个生长基因、历史顺序都无法逆返的正向时空里，只好顺"势"生活下去吧。智者知道顺势，得势者不必自鸣得意，因为自己也仅仅比那些不得势者碰巧一点点得了势而已，或者稍微聪明那么一点点、幸运一点点而已，并不代表其他人不如你那般努力。终究殊途同归，到邻居那个逆序宇宙时空中，也未必再次那么幸运。懂得这一点的人可谓"仁"者，中国哲学讲究的就是这样一个道理，所谓"知者乐水，仁者乐山；

知者动，仁者静；知者乐，仁者寿"，能看透这一点，便知"天人合一"说的就是这个。

◎ 我从前不喜欢布拉德·皮特，直到《返老还童》这部电影，彻底为他折服

刚才说到"生活"二字，也许绝大多数人都没有思考过这样一个问题，汉语中为什么把这个概念称作"生活"？为什么是这两个字，而不是别的两个字或者单个、多个字组成的别的词语？其实这是一个严肃的哲学问题，以前我也从未思考过这个"无聊"的问题。是我面对过死亡之后，才偶尔面对这个问题。当被宣布不久后就会死亡，我才真正去思考什么是生。对于从未面对死亡的人来说，即便考虑这个问题也未必有清晰的思路，这或许就是所谓的"相对论"吧。用徐进兴老师"儒家文化与孔子思想"课程中解释"礼崩乐坏"时用的一个非常重要的命题"正名"来说，我们讨论的"生活"这个概念，也应当被严肃地"正名"。所谓"生"是相对于"死"而言的，不知道有"死"这个概念，"生"就没有意义。当你知道有一天你会死去，你现在拥有的所有一切都将灰飞烟灭，想抓也抓不住、想带也带不走时，你才知道珍惜现有的"生"和现有的一切对你来说意味着什么。但是如果死亡对你来说还很遥远或者很模糊，只是脑海里含糊地一掠而过，那么，"生"对

你来说也不会印刻得多么清晰。简单地说,"生"就是"生命",只有这个条件成立,讨论"活"才有意义,也很简单,"活"就是"活下去",就是"谋生""生存",就是"挣钱""吃饭"。只有明确了是"生"而不是"死","活下去"才会有意义!我们的老祖宗何等智慧,把一切关于"生命"和"活下去"的所有内容都概括到了这两个字里面。英语中的这个概念却是两个词,名词"life"是"生",动词"live"是"活","live a life"才是我们汉语所说的生活。我们的语言和哲学多么简洁精辟!

朋友们,你们肯定经常听到和用到"我们的生活多么丰富多彩"这句话,但是你们是否思考过这其中的哲学?生活真的有色彩吗?我明确地告诉你们,有!哲学中最早就有阴阳学说、相对论,生和死就是两个极端,不是生就是死,不是黑就是白,没有中间过渡的颜色。学过计算机的人都知道,电脑显示真彩色彩,是由三个0—255的数字组合所定义的。(0,0,0)代表的是黑,(255,255,255)代表的是白。黑和白是最特殊的两极,把它们比作死和生,就像电脉冲只有"0"和"1",没有中间状态。在我被确诊绝症并被告知活不了多久的那段日子里,在我失去一条腿甚至即将彻底失去生命的时候,生活对我来说,就少了第二个字"活",而只有第一个字"生"。生只有两种颜色(两个状态),不是黑就是白。曾经的一切丰富多彩都失去了它们曾有的靓丽。对于面对死亡的人来说,只有放下生死,才能越过生死,去看到黑、白之间还可能存在的其他颜色。

人们常说的"放下"其实又是一个常常被我们忽略的哲学真谛。佛家说放下,也叫做"破执",执就是执着、我执。因为你老是有一个"我"存在,所以你老是在意你的这个"我"所拥有的一切,其实一切都不属于你的这个"我",也可以说你的这个"我"和"我"以外的一切本都是混沌一体的。如果这样理解,也许可以放下"我"而不再执着,或许这就是中国哲学所谓的"天人合一"吧。

想要放下，是何等地难?！有几人能做到？既然我们都是生在这个世上的俗人，放不下，超不脱，如何是好？那就"除心不除事"吧……到这里，我理解了一点点王老师说的那个"除心不除事"了。相对于西方哲学，中国哲学不那么注重科学的逻辑过程，常常是一语中的、直奔主题和结果，中间的一切都不重要了。费恩曼、爱因斯坦、霍金都苦于研究宇宙中是否存在唯一的终极理论，如果有的话，从他们几位大科学家经过几个世纪修正过来的一套套科学公式来看，这一终极理论的全集应该包含许多公式和变量，而我们中国的老祖宗早就把这个全集定义好了，那就是一个字——"道"。王老师那天讲的多是出世的佛，我这会儿写的又大多是立身于世间的儒，反正在我看来，在我们中国，儒即是佛，佛即是儒。我不喜欢研究理论，因为我在科班体系里读完博士后就对抠字眼毫无兴趣了。我这里又是胡言乱语了一通，不如一字不说……

非常感谢周班长介绍我认识大家，非常喜欢这个哲学班，我们来自五湖四海各行各业，相聚是种缘。学习哲学、讨论哲学确实要与老师和朋友同行，老师悉数是名师，同学尽数是高手。一路获得天明兄亦兄亦友般的关切，言谈间品味天明兄的人生阅历，此中有真味——正如我要感谢天明兄给我拍的这张照片——此间有真彩，虽不丰富，正因为，浓肥辛甘非真味，真味只是淡。最喜这一瞬间的定格：青山绿水之间，慢慢攀登，心犹明净，不由得想起《尚书·舜典》中舜王治下的那段上古社会，宁静祥和，令人神往：浚咨文明，温恭允塞，玄德升闻，乃命以位。慎徽五典，五典克从；纳于百揆，百揆时叙；宾于四门，四门穆穆；纳于大麓，烈风雷雨弗迷。

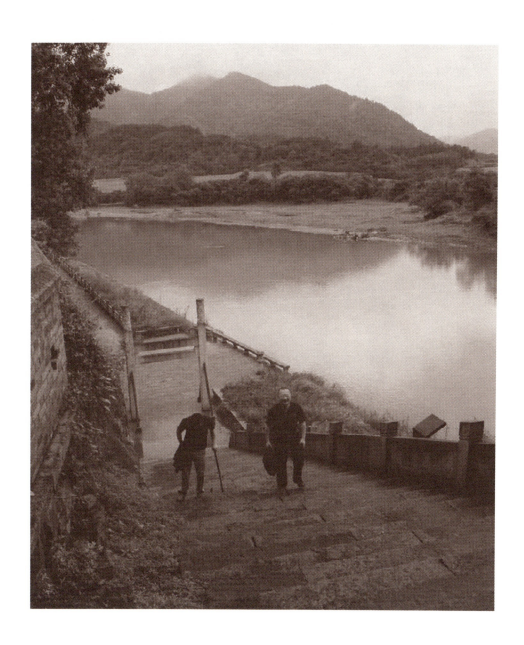

四、谈谈生活

五、我的脚印

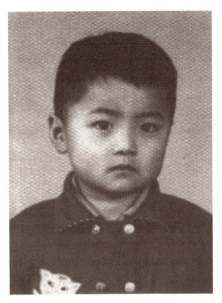
◎ 1978年,3岁

◎ 1987年,五年级,乌鲁木齐

◎ 1992年9—10月,呼图壁农六师学农两个月

五、我的脚印

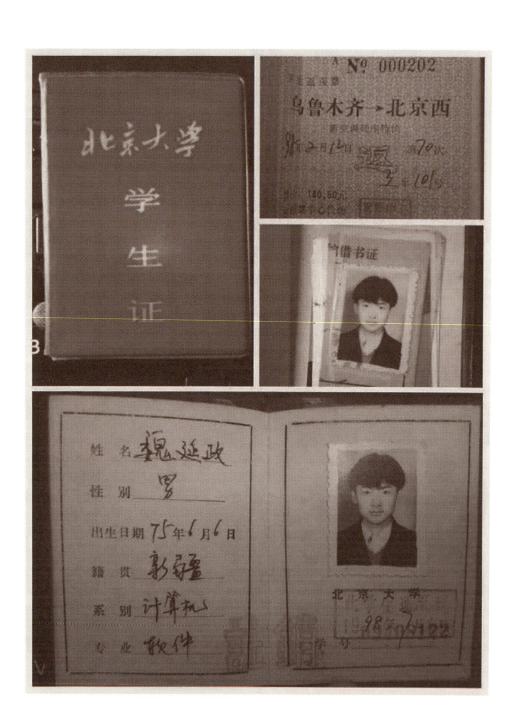

◎ 1996年10月，北京

◎ 2000年春节，新加坡

◎ 2000年圣诞，新加坡义安城

五、我的脚印

◎ 2001年，新加坡国立大学 CICFAR 实验室

◎ 2001年，新加坡总统府

◎ 2001年，与硕士导师、新加坡国立大学副校长雅各布·C. H. 庞（Jacob C. H. Phang）

◎ 2001年9月，布莱顿

◎ 2001年10月，南安普敦大学

五、我的脚印

◎ 2002年4月，南安普敦

◎ 2002年7月，威尼斯，圣马可广场

◎ 2002年7月，佛罗伦萨

◎ 2002年7月，佛罗伦萨，米开朗基罗雕塑

◎ 2003年3月，巴塞罗那

◎ 2003年7月，墨尔本

五、我的脚印

◎ 2003年7月，悉尼

◎ 2003年8月，巴斯

◎ 2003年12月，牛津大学

◎ 2004年5月，剑桥大学，康河

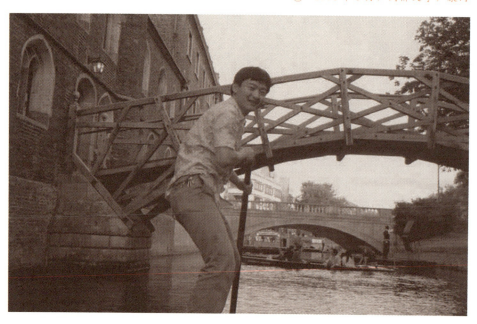

天涯若比邻

◎ 2004年7月，尼亚加拉大瀑布彩虹桥

◎ 2004年7月，哥伦比亚大学

五、我的脚印

◎ 2004年7月，林肯纪念堂

◎ 2005年5月，爱丁堡

◎ 2005年7月，南安普敦，博士毕业典礼

◎ 2005年8月，布莱顿

◎ 2006年9月，深圳

◎ 2007年6月，圣地亚哥

五、我的脚印

◎ 2008年，米兰

◎ 2009年6月，阿姆斯特丹机场

◎ 2009年8月，东京

◎ 2011年9月，柏林，勃兰登堡门

五、我的脚印

◎ 2010年9月,吐鲁番,交河故城

◎ 2010年9月,达坂城

天涯若比邻

◎ 2014年11月，三亚

五、我的脚印
251

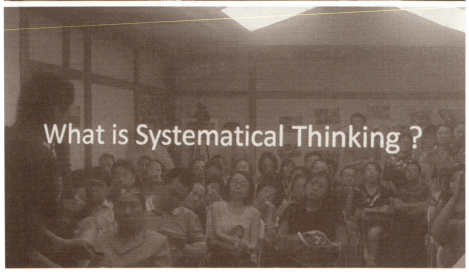

◎ 2014年7月，北大1898咖啡馆，《系统化思维》讲座

◎ 2015年6月，复旦哲学大会《系统化思维——幸福最大化》讲座

◎ 2015年1月，圣地亚哥，中途岛号航母

五、我的脚印

◎ 2015年10月，北京，八达岭长城

◎ 2015年10月，北京大学外文楼前

◎ 2015年12月，丽江

五、我的脚印

跋
——这本书是怎样诞生的

2014年夏天,北大校友摄影俱乐部微信公众号《未名光影》第一次采访报道魏延政,是因为这位年纪轻轻就获得博士学位的校友,虽然癌症晚期、右腿截肢,仍从上海来到母校北大,给师弟、师妹们做讲座。他与病魔的抗争和对生活的热望,引发了校内外读者的关注,让几万校友和读者听说了"魏延政"这个名字。

《北大人》2015年刊,一般收录的都是顶级专家、院士、国际大奖获得者这样的"高大上"人物,魏延政的文章《读书吧,虽然这些知识终将随我们的生命而去》赫然在列,校友会老师和主编被他的精神深深打动,鼎力推荐。

2016年春节前,魏延政第五节脊椎骨被癌细胞侵蚀空洞需要做置换手术。校友们发起的筹集医疗费的活动,引发了社会各界7400余人响应,仅用不到33个小时就实现了目标捐助款99万元,筹款系统遂自动关闭——要知道,原本设定的筹集期限是三个月……

他这次手术失血超过 5 000 毫升，相当于人体血液量的总和。同学们在校友圈里发出求助信息后，几十位校友、非校友来到上海红十字血站，宝贵的上万毫升血液，指名捐献给魏延政。

他在大家的关爱中与病魔继续进行着顽强的抗争，虽然这次大手术后一直卧床不能起身，但他并未停止读书、写作，力所能及地用他的所学回馈社会。

他的康复情况，牵动人心。大家都在关注。

2016 年 7 月底，在纽约学习的我收到他的微信。

魏延政：一本小书，完全原创，如果北大出版社或某机构看得起愿意出版，若能卖几个小钱就捐给校友会……

魏延政：哥（望京老虎），拜托你在北大出版社出书的事请尽力，我的时间不多了，别的出版社也有很知名的，但我还是想在母校的出版社出版，只是不知道，北大出版社看得上看不上，尽力吧，哥，拜托。

魏延政：我可能没几天活头了，就这事了。

魏延政：拜托，哥，来世再见！

望京老虎：兄弟！等我回国去上海看你！！！

望京老虎：等着哥！

如果再晚半天，也许我们看到的这本书就不是现在这个样子了。幸运的是，在魏延政昏迷前最后的清醒时刻，我们赶到了上海他的病床前，设计师印白师兄亲手把书稿小样交给他。当天夜里，魏延政用最后的力气握着颤抖的笔完成修订，把书稿放在枕边，陷入昏迷，四天后就永远地离开了。

魏延政的妻子说："他好像一直在等你。"我想，她说得对。魏延政是个严谨的学者，也曾是企业里优秀的管理者。任务没有交代清楚，他是放心不下的。

书稿从魏延政的电子信箱里发出，跨越了纽约、北京、上海几个地方，经手几个工作团队，到他拿到跟成书一模一样的书稿小样，仅用了5天时间，这是大家齐心协力创造的一个小小的奇迹。

其实一开始，由北大出版社出版这本书的愿望，在他看来，有点遥不可及，因为他知道北大出版社的分量和高门槛，我心里也没底，不知道能不能帮他如愿。

印白师兄在电话里跟我说："出书的事情马上答应他，有什么问题我们自己解决！"

雪虹大师姐在北京立刻联系校友会的老师。

北大校友会的李宇宁老师和张向英老师第一时间回复："一定大力支持！"

身处北京的印白师兄的设计团队快马加鞭、挑灯夜战，印白师兄凌晨四点赶去印刷厂拿到样书，立刻赶往机场飞去上海。大家都在赶时间，为了让魏延政能够看上一眼。

我们做到了。

魏延政用虚弱的声音叮嘱我："哥，你帮我写个跋，跟大家说，我为什么要写这本书……"

"我放心不下孩子，（这本书）留给他，作为他成长教育的宗旨。"刚满五岁的儿子，是魏延政心头最大的牵挂。在他感觉自己的生命进入倒计时的时候，能够做的最大的努力、帮助儿子健康成长的保障，就是他最后的那篇文章——《人生若只如几回忆》。也许儿子现在还无法懂得里面的话，但慢慢他会发现，父爱一直陪伴着他的成长，并未缺失，也不曾远去。

"这本书也是留给大家的……我学过理工科、经济学知识，还有历史、人文、艺术，相信我读书的方法有一些可取之处……希望我的这些文章能够让读者多一些对知识融会贯通和对人生的思考；系统化思维，让幸福最大化；提纲挈领地让大家开阔眼界，因为眼界决定境界。"

时代的发展、科技的进步，都不能替代人的精神。个人的一生、社会的进步，不会一直顺顺当当的，总会遇到意想不到的困难和挫折。害怕？裹足不前？都没用，逃避只能让自己输得更惨。勇往直前、前赴后继，才是发展的大潮流。这时，精神的力量往往会变成我们最后的驱动力。

所以，我们会被这种精神感动。

所以，我们需要传承这种精神。

魏延政在他的文章里为我们做了很好的诠释。

文字：望京老虎（朱明明，北京大学经济学院1993级校友，
北京大学国家发展研究院2015级DPS金融管理博士生）
审核：雪虹（刘学红，北京大学中文系1977级校友）
印白（李民，北京大学经济学院1982级校友）